Les Nymphéas, la nuit

Ateliers imaginaires

Une collection dirigée par Nadeije Laneyrie-Dagen

Pierre Wat remercie Nadeije Laneyrie-Dagen et Michel Guillemot d'y avoir cru... et de leur patience.

11 rue Jean de Beauvais 75005 Paris

ISBN 978-2-35988-035-9

Pierre Wat

Les Nymphéas, la nuit

Ateliers imaginaires | Claude Monet

nouvelles éditions
scala

À Andrzej Wat

Ah si je pouvais me contenter du possible !
Claude Monet

L'histoire est un cauchemar dont je cherche à m'éveiller.
James Joyce

Première journée

« Je n'ai pas le temps. »
C'est par ces mots que je fis la connaissance de Claude Monet, ce matin où la concierge était venue me réveiller en me disant que le facteur avait apporté un télégramme. Pas le temps. Durand-Ruel m'avait prévenu : « Il refusera certainement. Vous savez, seule sa peinture l'intéresse. Il est âgé maintenant, et il déteste parler de lui. Écrivez sur ses tableaux, je vous montrerai tout ce que vous voulez, mais pour ce qui est de le rencontrer, renoncez-y ! »
Je m'y étais mal pris. J'aurais dû lui écrire moi-même, au lieu de faire transmettre ma demande par son marchand. Eh puis, peut-être que celui-ci ne souhaitait pas que j'aboutisse. Je me rappelais soudain cette expression qui m'avait arrêtée, sans vraiment savoir pourquoi : « mes peintres », pour parler des artistes qu'il représentait. Il fallait que je lui écrive, que je m'explique, que je tente de le convaincre. Moi non plus je n'avais pas le temps.

Sans même prendre la peine de m'habiller, je tentais de dégager un peu de place sur l'unique table de ma chambre, encore encombrée des restes du repas de la veille, et des feuillets de mon article en cours, sur un poète futuriste dont l'*Ode à la vitesse* m'avait empêché de trouver le sommeil une bonne partie de la nuit.

« Cher Maître,
Je reçois aujourd'hui votre télégramme et je me rends compte à quel point j'ai été maladroit. Vous avez sans doute cru, d'après mes maigres explications données à votre marchand, que j'étais un de ces curieux qui voulait faire la visite à Giverny et vous faire perdre un temps que je sais précieux. Alors permettez-moi, sans être trop long, de vous dire en quelques mots qui je suis, et ce qui m'amène, en espérant que ceci vous convaincra d'accepter de me recevoir.
Je me nomme Stefan Bergholz, et je suis le correspondant à Paris d'une revue polonaise, le *Mensuel Littéraire*. Je ne suis, je dois vous le confesser, pas spécialiste de peinture, mais plutôt de poésie, mais il arrive que la revue ouvre ses pages aux beaux-arts, et c'est ainsi que le projet est né, si vous en étiez d'accord, d'écrire un long article fondé sur nos entretiens, qui paraîtrait en plusieurs livraisons, à l'automne.
Nous ne vous avons pas choisi par hasard, Maître : le *Mensuel Littéraire* est une revue d'avant-garde, qui

s'intéresse à l'art moderne sous toutes ses formes. Or on entend dire, de façon scandaleuse, à Paris, que vous êtes un homme du passé, et que la nouvelle génération, et surtout ces jeunes peintres qui peignent un monde sans objet, où nul motif appartenant au monde visible ne se laisse reconnaître, sont en train de vous faire passer de mode. Sachez, Monsieur Monet, que pour nous Polonais une telle idée est sacrilège ! Nous qui sommes si avides de ce qui se passe en France, nous ne vous avons pas oublié ! C'est, nous le savons, l'un de vos petits tableaux, une *Impression*, qui a donné son nom à l'impressionnisme. Vous êtes un pionnier de ce siècle. Et c'est ce que nous voudrions rappeler, en vous ouvrant nos colonnes.

Pardonnez mon emphase, qui est, je le crains, un trait de mes origines, mais pour les Polonais, vous incarnez la France. Vos merveilleuses représentations des côtes normandes, votre façon de peindre la campagne changeante sous l'effet des saisons, c'est la France. Quand vous peignez les rues de Paris pavoisées et que les drapeaux français font vibrer tout le tableau des trois couleurs, où lorsque vous nous montrez le train qui sort de la gare Saint-Lazare, c'est Paris, capitale de la modernité, qui nous parvient par vos yeux. Certains apprennent l'histoire dans les livres, nous, nous avons appris la France dans vos tableaux qui circulent en reproduction à Varsovie depuis bien longtemps. C'est grâce à vous que nombre de mes concitoyens qui n'ont pas eu la chance de faire le voyage de Paris se sont fait une image de votre pays. Et votre pays, Monsieur Monet, pour nous, vous le savez sans doute, c'est la « seconde patrie », comme le dit une de nos expressions. Celle dont nous apprenons la langue, celle qui a accueilli Mickiewicz et Chopin quand notre nation avait disparue. Paris, au siècle dernier, était comme la capitale en exil de notre cher pays, et c'est là que s'est forgé ce sentiment qui est aujourd'hui présent dans le cœur de chaque Polonais, où qu'il vive : le patriotisme.

Or, patriote, vous l'êtes, vous qui, en un magnifique message de paix universelle, avez offert vos *Nymphéas* à la France le 12 novembre 1918. Ces *Nymphéas* qui ont été votre guerre à vous, votre lutte contre la violence des hommes, j'en suis convaincu.

Pour toutes ces raisons, Monsieur Monet, je souhaiterais ardemment vous rencontrer, et donner à nos lecteurs de Varsovie des nouvelles de celui qui est pour eux un grand compatriote.

Il est une autre chose, enfin, que je dois vous dire, et qui m'a donné le courage de vous écrire aujourd'hui, malgré votre télégramme.

Vous êtes pour moi, je dois vous l'avouer, un être familier, depuis l'enfance. Je suis le fils de Mendel Bergholz, un nom qui ne vous dira sans doute rien. Mais peut-être, si vous acceptez de me rencontrer, reconnaîtrez-vous en moi son visage. On dit souvent, pour reprendre une de vos expressions françaises, que je suis son portrait craché. Vous avez connu mon père – ou, plutôt, pardonnez-

moi, celui-ci vous a connu – en 1895 à Sandviken, en Norvège, où vous séjourniez alors. Vous étiez venu pour peindre, mon père était venu pour fuir les troubles qui, une fois encore, agitaient les lambeaux de notre terre. Vous vous êtes rencontrés par hasard, dans un train. Mon père, qui est aujourd'hui un vieil homme, nous a toujours parlé de vous. « Mon ami Monet » était, dans notre enfance, une de ses expressions favorites, et il aimait, le soir, nous raconter à mon frère et à moi, des histoires qui commençaient par « Avec Monet… ». Seule ma mère, sans que nous comprenions pourquoi, s'arrangeait toujours pour s'éclipser discrètement pendant que, les yeux ronds, nous écoutions les histoires de ce héros aussi bon que Saint Nicolas.
Pour des raisons que je vous expliquerai de vive voix si vous me faites l'honneur de me recevoir, j'ai quitté la Pologne enfant, pour rejoindre mon oncle Maurice, installé à Paris depuis 1905, et je ne retourne que très rarement à Varsovie. Ma mère, la pauvre femme, est morte, et mon père est seul. Mon frère est marin, et voilà bientôt un an que je n'ai plus de ses nouvelles. Vous êtes, pour moi, associé à mon enfance à Varsovie, et j'imagine, avec naïveté, que votre maison de Giverny a quelque chose de l'ancienne propriété de mon grand-père, à Otwock, dans la voïvodie de Mazovie, à une heure de Varsovie. Maison où il ne me sera plus jamais donné la possibilité d'aller, depuis que les troupes russes l'ont dévastée.

Pardonnez, Monsieur, cette lettre bien trop longue, et que vous jugerez sans doute impudique et un peu exaltée, mais vous étiez, pour nous, ce petit bout de France en terre paternelle, comme la France est ce morceau de patrie en terre lointaine, et je souhaiterais, si vous l'acceptiez, donner enfin un visage à ce souvenir, pour qu'il vive encore longtemps dans le cœur de mes compatriotes.
Votre dévoué
Stefan Bergholz »

Huit jours après, j'étais gare Saint-Lazare, avec en main un autre télégramme sur lequel n'était écrit qu'un seul mot, en forme de sésame : « Venez. » Pendant que j'étais sous la verrière de la gare, à tenter de trouver le quai d'où partirait mon train, je me surpris soudain à sourire, en réalisant où j'étais : « Ici commence le pays de Monet ! », me dis-je en regardant ce bâtiment dans lequel, malgré tous mes efforts d'imagination, je ne retrouvais pas la fugue colorée qu'y avait vu l'artiste, mais une construction moderne, noire de charbon, et terriblement bruyante. J'allais donc rendre visite à un enchanteur.

J'avais pris un train très tôt, celui qui va en Normandie, et qui s'arrête à Vernon. De là, il me faudrait encore trouver comment aller à Giverny, qui est à l'écart de la voie ferrée, et je voulais être arrivé avant midi. C'était un matin du mois de mai, l'un de ces matins où la lumière encore blanche des restes de l'hiver commence à laisser percer un bleu printanier. Le soleil se levait en un parfait accompagnement de ce voyage en chemin de fer. Alors que je rassemblais les pensées qui avaient rempli mon esprit depuis la réception de ce nouveau télégramme, dans le carreau de la fenêtre, au-dessus d'un de ces petits bois encore noirs de la nuit qui s'enfuit, je vis des nuages effilés, d'un rose nacré sur le bleu maintenant pâle du ciel matinal. C'était la campagne, déjà, comme si Paris n'avait jamais existé : la campagne portant avec elle son cortège de lumière. Le ciel est encore plus grand, quand disparaît la ville. Je collais mes yeux à la vitre, afin de mieux voir, et me sentis brusquement en lien avec l'existence profonde de la nature. Tandis que le train s'enfonçait dans une vallée comme l'un de ces animaux aveugles qui creusent des galeries, surgit un champ de colza. Et mon œil fut touché par ce feu vivant. C'était une brûlure et c'était une vision. C'était un champ comme en offrent tant de campagnes au printemps, mais il semblait avoir bu toute l'énergie solaire qui rend le monde visible pour mieux me la renvoyer, jusqu'à l'aveuglement. C'était jaune, et moi aussi, et mes compagnons de voyage : le monde était jaune, un pur bloc de jaune comme de l'or en fusion. Je n'étais plus un voyageur dans un chemin de fer mais un baigneur dans une grande mer libre, crevant l'abat-jour qui protège les yeux. Tout cela, je le vis au point d'en perdre, face à ce champ, le sentiment de moi-même, et

de le recouvrer, plus puissant, et de le perdre à nouveau ! Je tournai brusquement la tête. Et, sans comprendre pourquoi, je ressentis de la honte, tandis que dans ma mémoire, c'étaient désormais des paysages blancs qui défilaient à toute allure, comme pour mieux combattre ce champ d'aveuglement. La neige, la neige blanche où l'œil ébloui croit voir du bleu et du rose. La neige qui étendait son tapis fatal sur toute la campagne polonaise au point que l'enfant que j'étais croyait que Varsovie et Otwock étaient reliés par un immense pont blanc. Je compris alors que c'était cela que je m'attendais à voir et pas cet insolent printemps.
J'allais rencontrer un peintre français, peut-être même LE peintre français, l'ami de Clemenceau, et j'allais le rencontrer dans cette campagne si française, si délicate, si tempérée, mais sauvage, pourtant, et je me sentais tellement loin : de Varsovie, d'Otwock, et de cette steppe froide où mon grand-père, qui n'en parlait jamais, avait durant six ans été relégué par le tsar. Le paysage claironnait sous le vent printanier, et cette fécondité, je dois l'avouer, m'effrayait comme une obscénité. Comment était-il possible, et par quel projet obscur, que la nature ait si vite – affreuse expression – repris ses droits là où, il y a peu encore, ce n'était pas les chevaux, mais les hommes, à main nue, qui traçaient les sillons de la tranchée ? Comment la terre pouvait-elle être encore fertile d'avoir bu tant de corps épuisés ? Je haïssais, physiquement, cette indifférence du monde, et mon extase face au soleil du

colza. J'allais voir le peintre de la lumière, le peintre de la jouissance d'être au monde, et ce monde, pourtant n'était qu'un vaste cénotaphe.

À Vernon, je trouvai facilement une voiture de louage qui m'emmena à Giverny, dans une auberge tenue par le beau-frère du cocher, qui avait quelques chambres à louer. C'était une de ces maisons de village comme on en voit tant, située dans la rue d'en bas, qui se nomme Chemin du Roy, et longe le Ru, un bras de l'Epte qui se jette dans la Seine quelques kilomètres plus loin. Je posai mes affaires dans la chambre blanche et propre qui m'avait été attribuée, et j'eus juste le temps de me dire que c'était là un vrai palais, comparé à mon logis parisien sous les toits, avant de me retrouver sur la départementale le long de laquelle s'étale le village. J'étais impatient, mais je voulais arriver chez Monet à pied, en prenant les chemins qu'il avait dû fouler lui-même le jour où il avait trouvé ce qui devait devenir sa vraie maison. J'étais impatient, mais je n'étais pas prêt. J'empruntai donc la rue d'en haut, qu'on appelle ici Route du Village, qui passe devant l'église et va jusqu'à la mairie, avant, m'étant un peu calmé, de m'engager sur la route qui va de Gisors à Vernon, où la femme de mon aubergiste m'avait dit que se trouvait l'entrée de la propriété. « Vous verrez, elle est construite en bordure d'un vaste terrain clos de murs. Vous ne pourrez pas vous tromper, c'est celle qui a tous ces arbres fruitiers en fleurs. »

J'avais l'impression d'accéder au Parnasse, mais c'était un simple village que je traversais, à l'écart des routes de grande circulation. Un village où, hormis l'homme célèbre qui vivait là dans une retraite choisie, c'étaient des paysans qui s'étaient établis. Arrivé à quelques mètres de la maison, je fus d'ailleurs assailli par la puanteur effroyable d'une basse-cour. Comme si, avant de parvenir au sublime, il me fallait franchir le cercle du trivial.
Je n'eus pas même le temps de comprendre par où l'on pénétrait dans la propriété, ni d'entrapercevoir un bout de celle-ci, car à quelques mètres de ce qui semblait être l'entrée, une femme d'une cinquantaine d'années, qui avait l'air encore jeune malgré ses cheveux déjà blancs, vint à ma rencontre, et se présenta sous le nom de Blanche. « Je suis désolée, me dit-elle, Claude Monet se repose. Il a travaillé toute la matinée à un tableau qui lui donne bien du mal, et il est épuisé. Il m'a chargé de vous dire qu'il vous recevrait cet après-midi, vers les quatre heures. On viendra vous chercher. Vous êtes à l'Auberge du Roy, à ce qu'il paraît. » Et la femme se mit à rire en regardant mon expression où se mêlaient sans doute de manière comique ma déception de ne pas être reçu et mon étonnement devant le fait que la nouvelle de mon arrivée avait déjà traversé le village.
Je refis donc le chemin à l'envers, comme on dégringole les marches d'un escalier, et retrouvai avec dépit ma chambre qui me parut plus petite que la première fois. C'était une pièce carrée, avec un plafond assez bas pour

que je puisse en toucher les poutres, et, dans un angle, un petit placard dans le mur qui dissimulait un cabinet de toilette. Le papier peint blanc à petites fleurs bleues donnait à l'atmosphère une douceur teintée qui eut bientôt sur moi un effet apaisant. Sur le lit, un gros édredon gonflé de plumes faisait une masse dodue et protectrice de bonne augure en ce printemps aux nuits encore fraîches. Et devant la fenêtre, une table, rustique, taillée dans un bois blond, faisait office de bureau. On avait placé devant elle un fauteuil de paille de style anglais, comme on en trouve dans certains jardins, qui paraissait presque excentrique dans ce cadre dépouillé. Sans même jeter un regard au paysage que me proposait la fenêtre, je me jetais dans la douceur de l'édredon, encore énervé de tant de frustration. La femme de l'aubergiste ayant déposé mon petit sac de voyage à côté du lit, il me suffit de tendre la main pour m'emparer de l'ouvrage qui constituait l'essentiel de mon bagage. Il s'agissait d'un catalogue, donné par Durand-Ruel. Si je ne pouvais pas voir l'homme, au moins pourrais-je peut-être regarder un peu sa peinture. C'était un catalogue datant de 1898, qui n'était pas dû à Durand-Ruel, mais à un autre galeriste, Georges Petit. Tandis que je me demandais pourquoi le marchand de Monet m'avait offert cet ouvrage publié par l'un de ses principaux confrères et rivaux en matière de peinture impressionniste, je découvris, comme glissé dans le rabat de la protection en papier cristal que l'on avait mis sur la couverture, ce qui était manifestement une lettre depuis longtemps oubliée. Le papier en était bleu, et le nom de son auteur était inscrit au tampon sec en haut à droite. Un nom si mythique qu'il m'arracha un cri : Julie Manet ! La nièce d'Édouard Manet, la fille de Berthe Morisot. J'étais si stupéfait de cette trouvaille et si conscient d'avoir déniché un trésor que j'en oubliai même ma frustration, mais aussi mon éducation, et me précipitai pour la lire.

Le début manquait, malheureusement, et le feuillet restant commençait de la manière suivante : « Je vais à l'exposition de M. Monet, bien décidée à ne pas être influencée par ce qu'on m'a dit. Contrairement à l'opinion de plusieurs personnes, je trouve les fleurs belles, je crois voir un des massifs de l'exposition des *Chrysanthèmes*, de ces chrysanthèmes monstres aux tons superbes. Ses *Seine* me paraissent bien tristes, deux à l'eau assez clapotante me paraissent bien, je revois de belles *Cathédrales* dans les tons jaunes, dorés, verts sur des ciels bleus et deux complètement roses qui me font un peu l'effet d'une glace aux fraises. Plusieurs vues de Pourville sont superbes, entre autres une avec la mer très bleue et des côtes roses, une avec une falaise portant ombre sur la mer et une dont la mer verte écume sur une plage lilas. Évidemment l'aspect général n'est pas du tout amusant ; cela tient peut-être à la monotonie de la grande salle Petit (quand on s'appelle Petit on fait des choses grandes) où un panneau est tenu par les paysages de Norvège, l'autre par la série des *Seine* grises, le troisième par les *Cathédrales* et le quatrième par les *Mers*. Il y a bien de l'ordre là-dedans. » Ce texte, où planait l'ombre surprenante de la tristesse, me plongea dans une forme de rêverie que ne firent qu'accentuer les œuvres qui avaient été reproduites dans le catalogue lui-même. L'une d'elles capta tout particulièrement mon attention. Elle appartenait à une série sur le motif de la falaise, et s'appelait, disait la notice, *La Cabane du Douanier*. J'avais en mémoire, sur un motif similaire, un petit tableau de Millet, vu chez l'un de ses bourgeois parisiens dont j'avais pu pénétrer l'intimité parce qu'il trouvait amusant d'offrir un peu d'exotisme à ses amis en m'invitant à sa table. « Mes amis, voilà ce Polonais dont je vous ai parlé. Vous verrez, il connaît des tas de choses, et ma femme trouve son accent délicieux… » J'avais eu honte, et je me repassais sans cesse cette phrase de mon grand-père : « Si tu dois devenir un mendiant, sois un mendiant avec un bâton. Comme ça ils ne t'attaqueront pas. » De cette soirée, j'avais tout occulté sauf le tableau de Millet, précis comme une miniature ou un souvenir d'enfance. Mais là, face à Monet, il me parut bien sage. Malgré l'absence de couleurs de la reproduction, ce tableau était d'une stridence incroyable, qui envoyait à mon cerveau les sensations du vert cru et d'un rose orangé. Et grâce à l'absence de couleurs, c'était la violence de la touche qui me sautait aux yeux comme un crépitement de peinture jetée au bord d'un gouffre. C'était cela, Monet : un homme qui peint au bord du gouffre. Et Julie Manet avait raison, ceci n'avait rien d'amusant.

1898, disait la couverture. Mais la peinture aussi, disait cela, par sa sauvagerie maîtrisée. Oui, il y avait bien « de l'ordre là-dedans », mais comme de la violence canalisée. 1898 était l'année où Zola avait publié son « J'accuse », et Monet – j'avais passé la semaine qui avait suivi l'envoi de ma lettre à lire tout ce que je pouvais sur lui, au cas où… – qui était un ami de Zola, avait soutenu celui-ci, notamment en figurant parmi ceux qui avaient signé le « Manifeste des intellectuels » publié par *L'Aurore*. Et cette même année, là encore pour manifester sa solidarité avec Zola, alors président de la Société des Gens de Lettres, il avait pris la défense de Rodin, lorsque son *Balzac* avait fait un scandale immense.
C'était donc cela, cet homme que je ne parvenais pas à rencontrer : un peintre de falaises qui ressemblent à des cathédrales, un peintre du vertige qui ne concevait pas d'autre rapport au paysage que d'y plonger corps et âme. Pour mieux en ressortir. Il ne faisait pas autrement dans sa vie publique : dreyfusard à Paris, invisible à Giverny.

« Monsieur, on est venu vous chercher de chez le peintre. Vous êtes attendu en bas. » m'appela l'aubergiste à travers la paroi de la porte de ma chambre. Me levant comme un homme que l'on réveille en plein milieu de la nuit, je sortis de ma chambre d'un bond. Une fois installé dans la voiture qui me reconduisait chez Monet, je réalisai qu'il était quatre heures, et que je n'avais rien mangé

depuis six heures ce matin, à Paris, gare Saint-Lazare. Cela faisait dix heures. C'était il y a une éternité.
Ce fut Blanche, une fois encore, qui m'accueillit, et m'amena, sans rien dire, dans le jardin, de l'autre côté de la maison. C'est une maison tout en longueur, en crépi rose, d'environ quarante mètres de long pour cinq de large. Les volets sont peints en vert. Elle s'étire le long de la rue, mais sa façade étant côté jardin, on oublie, une fois qu'on se trouve devant elle, que la dite rue existe. Ici, plus de bruit, plus d'odeur de basse-cour, mais une sorte de royaume dont le jardin serait la salle du trône. C'était là que Monet m'attendait, sur un banc de fer aux courbes Art Nouveau, peint dans le même vert que les fenêtres, et, je le remarquerai plus tard, que le pont japonais. Il ne sembla prêter aucune attention à ma présence, tant il était absorbé dans la contemplation d'un cerisier du Japon dont les fleurs naissantes lui apportaient une ombre dont il paraissait se délecter.
« Vous arrivez trop tard ! » Ce que je vis d'abord, bien avant de comprendre le sens de ces mots étranges, ce furent ses yeux. Ils étaient recouverts d'une taie jaune qui me fit immédiatement songer au champ de colza. Comme si, à force de regarder, à force de recueillir tant d'impressions, à force d'être l'instrument de son art, la plaque sensible qui enregistre tout, ils avaient fini par garder, sous forme d'un voile coloré, la trace de tout ce monde intensément vu. Monet voyait très mal, et pourtant il me regardait avec une intensité que j'aurais aisément pu prendre pour de la fureur. Tout, dans cet

homme qu'abritait un curieux chapeau mou, respirait la force, malgré l'âge que ne trahissait qu'une barbe parfaitement blanche, au milieu de laquelle tranchait une moustache noire, comme pour rappeler qu'en lui la sève continuait à affluer. Il vous regardait, et le courage vous manquait un peu de dire le premier mot, tant ce visage carré, à peine ridé si ce n'est au contour des yeux, en imposait. Il portait un élégant costume gris comme on s'attend à en voir porter en ville, orné d'une pochette blanche. Blanche comme sa barbe, et comme son chapeau.

« Vous arrivez trop tard. Manet est mort, ce pauvre Bazille est mort, Pissarro est mort, Sisley, Degas, Caillebotte, morts ! Et même Renoir maintenant, mon cher vieux Renoir. Je suis deux fois veuf, et j'ai perdu mon fils, mon petit Jean. Je suis vieux, et la peinture me tue. Alors pourquoi venez-vous ? Pour visiter le monument aux morts ! Ne savez-vous pas que la vie détruit tout… Elle perd tout. D'ailleurs que voulez-vous ? Qu'y a-t-il à dire sur moi ? Je vous le demande, que peut-il bien y avoir à dire d'un homme qui ne s'intéresse qu'à une seule chose, sa peinture – et puis son jardin et ses fleurs, car les fleurs sont jolies et si calmes… » Il s'était mis debout et arpentait maintenant l'allée que j'avais empruntée après avoir franchi le portail. C'était, bien plus qu'une allée, un tunnel de fleurs accrochées à de grands arceaux métalliques. Malgré cet accueil déroutant, je fus submergé par le parfum des iris et des aubépines, ce mélange violent de délicatesse et de senteurs amères qui ne faisait qu'ajouter à mon étonnement. Monet s'enfonçait dans cette végétation comme on se fond dans une vallée où les collines succèdent aux falaises, où dans le lit d'un torrent. Et je tentais de le suivre en redoutant d'abîmer de mes pas qui me semblaient terriblement maladroits cette œuvre si subtilement composée.

« Je ne me souviens pas de votre père, et j'ai horreur des histoires de famille. Saint Nicolas ! Pfff, épargnez-moi vos bondieuseries. Je me souviens bien qu'il y avait des Polonais à Sandviken, et pour la religion, ils s'y connaissaient : ils juraient des "Jesus Maria" du tonnerre dès qu'ils avaient bu, et ils buvaient tous les soirs. Des nostalgiques, vos compatriotes. Ils regardaient la neige et ils avaient la larme à l'œil. Ah, la chasse aux sangliers dans les Tatras, et la marche en montagne dans un endroit qui porte un nom imprononçable. Comment était-ce, déjà, avec un z et un k, je crois ?

– Zakopane ?

– Oui, c'est ça, un truc comme ça. Oui, des nostalgiques, ces Polonais, ce n'est pas bon la nostalgie, ça empêche de voir, ça bouche les yeux, alors qu'il faut les ouvrir en grand, les écarquiller, et là, je vous jure, la neige, elle ne vous donne plus envie de pleurer.

Bon, puisque vous êtes là, suivez-moi.

Je ne suis bon qu'à deux choses, jeune homme, la peinture et le jardinage. Alors regardez donc mon jardin, pour commencer. Vous voyez, c'est moi qui ai tout fait. Quand je suis arrivé, en 1883, il n'y avait qu'un hectare de terrain, avec une pommeraie, et un potager. Sur l'allée où nous étions à l'instant, il y avait des cyprès, et des épicéas, et des massifs de buis un peu partout. J'ai tout remodelé ! Oh, ça n'a pas été facile, Alice, ma seconde femme, ne voulait pas que je coupe les épicéas. Mais il le fallait, pour poser les arceaux métalliques. Vous devriez voir ça en automne, avec les capucines : des taches orange dans un lit de vert. Une merveille ! C'est l'affaire d'un peintre, que de faire son jardin. Plus tard, j'ai pu faire l'acquisition d'un terrain situé au bout du Clos, de l'autre côté de la voie de chemin de fer. Là, j'ai créé, n'est-ce pas. J'ai détourné le bras du Ru qui passait à côté, et j'ai fait naître mon jardin d'eau. Ah ah, un vrai travail de sculpteur. J'aime l'eau mais j'aime aussi les fleurs. C'est pourquoi, le bassin rempli, je songeais à le garnir de plantes. J'ai pris un catalogue et j'ai fait un choix au petit bonheur, voilà tout. J'ai mis du temps à comprendre mes nymphéas… Je les cultivais sans songer à les peindre… Un paysage ne vous imprègne pas en un jour… Et puis, tout d'un coup, j'ai eu la révélation des féeries de mon étang. J'ai pris ma palette. Depuis ce temps, je n'ai guère eu d'autre modèle. Vous savez, j'ai un jardinier qui ne travaille que là. Chaque jour, il ôte toutes les feuilles qui pourraient venir troubler la beauté de mon étang. »

Après avoir dit cela, il se tut un long moment, et puis abruptement :

« Je vous laisse, j'ai à faire. »

Je vis Monet s'éloigner puis disparaître dans une sorte de grand hangar, un bâtiment moderne sans fenêtre apparente, très haut, dont la blancheur, dans un paysage si délibérément coloré, tranchait comme une surprenante faute de goût qu'un jeune lierre tentait en vain de masquer.
Ce fut une fois encore Blanche, dont je me dis qu'elle devait être quelque mystérieux ange gardien, qui vint me sortir de ma rêverie interloquée, pour me dire qu'une collation m'attendait dans la salle à manger. Je m'y précipitais, non sans soulagement. Malgré ma faim, je restais longtemps sur le pas de la porte, ébahi par le spectacle qui s'offrait à mes yeux. Du jaune, encore du jaune partout, sur les murs, sur les meubles, et même sur la vaisselle que l'on voyait dans deux buffets jumeaux qui avaient été peints dans la couleur des murs. Et, sur les murs, des taches de bleu, un peu partout, dont je ne parvins pas, dans un premier temps, à distinguer la nature, tant mes yeux devaient s'acclimater à cet éblouissement inattendu. J'étais dans la maison, au rez-de-chaussée, et je me croyais encore au jardin, devant un parterre d'iris, ou bien encore devant ces pensées que j'avais aperçues durant mon étrange promenade avec le peintre, et qui mêlaient le jaune au bleu. Le blanc de la table dressée au milieu de la pièce, puis le rouge des carreaux qui ornaient le sol, vinrent me sauver de cette terrible harmonie. Alors je vis : ces taches de bleu, c'était des œuvres, présentes par dizaines ! Mais elles n'étaient pas de lui. Là où j'espérais

voir enfin un tableau du maître, je me trouvais face à une extraordinaire collection de ces estampes japonaises comme la mode les avait répandues en France depuis plus d'un demi-siècle. Les noms d'Utamaro, d'Hokusai, et d'Hiroshige, que le maître prononça plus tard dans nos conversations, ne me disaient rien alors, mais je fus frappé par l'accrochage si serré qui s'offrait à moi, comme si cette salle à manger, qui était un bout du jardin, était aussi un morceau de Japon.

Je m'approchai au hasard, ayant du mal à fixer mon attention devant une telle profusion qui donnait la sensation que chaque œuvre n'était qu'un fragment d'un immense paravent. Je vis une vague bleue et blanche, haute comme une montagne, terrifiante comme un monstre marin, qui s'apprêtait à engloutir deux barques de pêcheurs. J'aperçus ce qui me parut être une carpe, grasse et sombre, se faufilant dans une onde bleue. Je m'arrêtais devant de merveilleux chrysanthèmes sur lesquels venaient butiner des abeilles, des pivoines où venaient jouer des papillons, et un volcan qui revenait dans toute une série d'estampes, comme si l'artiste avait voulu le saisir en toutes saisons, sous toutes sortes de lumières. Une gravure, dont je sus plus tard qu'elle était d'Hiroshige et avait pour titre *Vue des tourbillons de Naruto à Awa*, m'arrêta. Peut-être à cause de l'intensité crue de son bleu ou de la finesse de son tracé, mais surtout parce qu'elle me rappelait quelque chose sans que je pusse d'abord savoir quoi. Cette façon de nous mettre

au-dessus du gouffre, cette manière de faire rimer beauté et danger, j'avais déjà vu ça ailleurs... C'était *La Cabane du Douanier* ! Non que Monet ait imité cette estampe ni d'ailleurs aucune autre, mais parce que ce collectionneur passionné, qui me raconta une autre fois être allé jusqu'en Hollande pour trouver des estampes rares, des tirages impeccables, avait besoin de se confronter avec cet art lointain pour féconder sa pratique. « Hiroshige est un impressionniste merveilleux », lui avait dit Pissarro.
Je ne revis pas Monet ce jour-là, et personne ne me dit ce qu'était ce bâtiment où il avait disparu sans crier gare. Ce soir-là, tandis que je m'endormais dans ma petite chambre à l'auberge, au moment où je sentis mon corps s'enfoncer dans le matelas de crin un peu comme en une chute, je vis se pencher sur moi le peintre habillé en jardinier, qui se transforma en un effrayant dragon japonais. Je voulus m'enfuir mais j'étais dans un tunnel de fleurs sans fin, et plus je courais, plus celui-ci me semblait immense, et changeant de couleur sans même que je comprenne comment. D'abord il fut bleu, puis vert, puis rouge, puis jaune, et plus la couleur devenait lumineuse, plus la chaleur augmentait. Je voulus crier mais seul un mince filet de voix sortit, immédiatement étouffé par les parois fleuries. Je me trouvai à l'entrée d'une pièce inconnue de la maison. Ou, plus exactement, ce fut comme si le tunnel de fleurs, s'ouvrant en deux à la façon d'un rideau de scène (les fleurs étaient devenues des bambous d'un jaune de chrome pâle), me

permettait d'accéder à une pièce sombre qu'éclairait à peine une lampe à pétrole. Haletant, je m'arrêtai net, et vis que j'étais observé. C'était un petit garçon, en costume noir sur lequel tranchait un col blanc. Il me regardait d'un air triste, et ne disait rien. Et autour de lui, un reflet bleuté faisait comme une gloire. Le champ d'un coq, provenant de la basse-cour de mon aubergiste, me jeta en bas du lit.

Deuxième journée

J'arrivais tard, le matin, Blanche m'ayant dit que Monet ne se levait généralement pas avant dix heures et demie. Prévenu de mon arrivée, il me fit venir à la cuisine, où il prenait son petit déjeuner. Je fus saisi par l'incroyable décor dans lequel je pénétrais, mais plus encore par la scène à laquelle il me fut permis d'assister. Dans sa cuisine, le peintre, bien que seul à table, se livrait à ce qui ressemblait plus à un banquet qu'à une collation matinale. Il portait un nouveau costume, en toile claire, et les bretelles qui ornaient sa poitrine donnaient à son personnage une allure jouisseuse que je n'avais pas perçue le premier jour. La cuisine était aussi bleue que la salle à manger était jaune. Ses murs étaient entièrement décorés de carreaux bleus et blancs dont il me dit avec fierté que c'était de la céramique de Rouen. Quant aux meubles, ils étaient peints dans un bleu ciel et même la grande cheminée pour cuire à la broche n'échappait pas au bleu de cobalt de la faïence rouennaise. Ainsi, lorsqu'on ouvrait la porte qui séparait cuisine et salle à manger, pour le service, chaque couleur venait répondre à l'autre dans un accord dont je savais désormais qu'il était l'un des préférés du peintre. Un énorme fourneau, de ceux que l'on ne voit d'ordinaire que dans les cuisines de restaurant, trônait comme s'il s'agissait d'un meuble de style, et je vis qu'il comportait deux fours où la cuisinière, avec l'aide de Blanche, commençait déjà, à cette heure matinale, à enfourner quelque gratin de son crû. Soudain, j'eu le pressentiment que Monet n'était pas vraiment à sa place, dans ce lieu où régnaient deux femmes, et que peut-être c'était pour moi, pour me donner un spectacle dont je ne possédais pas la clef, qu'il prenait ainsi son déjeuner dans cet endroit inaccoutumé. Tout, ici, respirait une certaine forme d'opulence bourgeoise, et je me sentais comme au théâtre, placé au premier rang de l'orchestre, devant la batterie de cuisine en cuivre qui étincelait au mur comme si on venait de la briquer pour moi, les plats aux formes étranges qui servaient à faire cuire le poisson, les œufs frais de la ferme d'à côté et les légumes que le jardinier avait apporté du potager. La cuisinière, que je croyais encore au fourneau, était déjà en train d'en laver quelques-uns à grande eau, dans un bel évier de grès qui se trouvait entre deux portes-fenêtres, pour en ôter la terre du jardin. Sur la table, posés devant le maître des lieux, divers pichets, des fruits frais dans un compotier orné de motifs japonisants et un bocal de cerises en conserve sans doute issues du jardin, faisaient une subtile nature morte qu'entouraient encore une corbeille à pain et une jatte remplie d'une crème d'un blanc légèrement cassé. Monet dévorait. Tout en jetant un œil à ce que faisaient les deux femmes. « Claire, baissez le feu sous la bouillabaisse de morue, je vous l'ai déjà dit, toute la réussite de la recette réside dans la douceur de sa cuisson. Ça doit mijoter, pas brûler, le poisson doit transpirer. C'est Cézanne, dont je tiens cette recette, qui me l'avait dit. Ah, Bergholz, vous êtes là. Bien manger, c'est essentiel vous savez. Ce sont les imbéciles qui croient que l'on est meilleur artiste le ventre vide. Non, la faim, Bergholz, c'est une obsession, c'est comme un rat qui tourne en rond dans votre ventre, sans jamais s'arrêter. Ça vous bouffe, oui, ça vous ronge la tripe et le cerveau. On ne pense pas à peindre, voyez-vous, quand on a faim, d'ailleurs on ne pense à rien tant votre pauvre tête bourdonne à vide. J'ai eu faim, voyez-vous, et pas qu'une fois : à Londres, à cause de cette sale guerre, et à Vétheuil, quand il faisait si froid et que ma Camille, ma femme, se mourait. Nous étions si pauvres, ruinés avant d'avoir eu de l'argent... » Et, tout en continuant à parler, il fit un geste emphatique vers la batterie de cuisine, dont il était facile de deviner la signification. De peur qu'il ne s'arrête, où disparaisse une fois encore dans je ne sais quel lieu, je ne dis rien, bien que l'envie me brûlât de lui dire que oui, je savais de quoi il parlait.

« Je suis un Parisien de Paris, savez-vous ? » Il se servit une énorme part de flanc à la banane, puis fit glisser le plat vers moi. « J'y suis né, en 1840, sous le bon roi Louis-Philippe, dans un milieu tout d'affaires où l'on affichait un dédain méprisant pour les arts. Mais ma jeunesse s'est écoulée au Havre, où mon père s'était installé, vers 1845, pour suivre ses intérêts de plus près, et cette jeunesse a été essentiellement vagabonde. J'étais un indiscipliné de naissance ; on n'a jamais pu me plier, même dans ma petite enfance, à une règle. C'est chez moi que j'ai appris le peu que je sais. Le collège m'a toujours fait l'effet d'une prison, et je n'ai jamais pu me résoudre à y vivre, même quatre heures par jour, quand le soleil était invitant, la mer belle, et qu'il faisait si bon courir sur les falaises, au grand air, ou barboter dans l'eau.

Jusqu'à quatorze ou quinze ans, j'ai vécu, au grand désespoir de mon père, cette vie assez irrégulière, mais très saine. Entre-temps, j'avais appris tant bien que mal mes quatre opérations, avec un soupçon d'orthographe. Mes études se sont bornées là. Elles n'ont pas été trop pénibles, car elles s'entremêlaient pour moi de distractions. J'enguirlandais la marge de mes livres, je décorais le papier bleu de mes cahiers d'ornements ultra-fantaisistes, et j'y représentais, de la façon la plus irrévérencieuse, en les déformant le plus possible, la face ou le profil de mes maîtres.

Je suis vite devenu, à ce jeu, d'une belle force. À quinze ans, j'étais connu de tout Le Havre comme caricaturiste. Ma réputation était même si bien établie qu'on me sollicitait platement de tous côtés, pour avoir des portraits-charge. L'abondance des commandes, l'insuffisance aussi des subsides que me fournissait la générosité maternelle m'inspirèrent une résolution audacieuse et qui scandalisa, bien entendu, ma famille : je me fis payer mes portraits. Suivant la tête des gens, je les taxais à dix ou vingt francs pour leur charge, et le procédé me réussit à merveille. En un mois ma clientèle avait doublé. Je pus adopter le prix unique de vingt francs sans ralentir en rien les commandes. Si j'avais continué, je serais aujourd'hui millionnaire.

La considération, par ces moyens, m'était venue. Je fus un personnage, bientôt, dans la ville. À la devanture du seul et unique encadreur qui fit ses frais au Havre, mes caricatures, insolemment, s'étalaient à cinq ou six de front, dans des baguettes d'or, sous un verre, comme des œuvres hautement artistiques, et quand je voyais, devant elles, les badauds en admiration s'attrouper, crier, en les montrant du doigt, – C'est un tel ! – j'en crevais d'orgueil dans ma peau.

Il y avait bien une ombre à ce tableau. Dans la même vitrine, souvent, juste au-dessus de mes produits, je voyais accrochées des marines que je trouvais, comme la plupart des Havrais, dégoûtantes. Et j'étais, dans mon for intérieur, très vexé d'avoir à subir ce contact, et je ne tarissais pas en imprécations contre l'idiot qui, se croyant un artiste, avait eu le toupet de les signer, contre ce "salaud" de Boudin. Pour mes yeux, habitués aux marines de Gudin, aux colorations arbitraires, aux notes fausses et aux arrangements fantaisistes des peintres à la mode, les petites compositions si sincères de Boudin, ses petits personnages si justes, ses bateaux si bien gréés, son ciel et ses eaux si exacts, uniquement dessinés et peints d'après nature, n'avaient rien d'artistique, et la fidélité m'en paraissait plus que suspecte. Aussi sa peinture m'inspirait-elle une aversion effroyable, et, sans connaître l'homme, je l'avais pris en grippe. Souvent l'encadreur me disait : "Vous devriez faire la connaissance de Monsieur Boudin. Quoi qu'on dise de lui, voyez-vous, il connaît son métier. Il l'a étudié à Paris, dans les ateliers de l'École des Beaux-Arts. Il pourrait vous donner de bons conseils".

Et je résistais, je faisais mon faraud. Que pourrait bien m'apprendre un bonhomme aussi ridicule ?

Un jour vint pourtant, jour fatal, où le hasard me mit en présence de Boudin, malgré moi. Il était dans le fond de la boutique ; je ne m'étais pas aperçu de sa présence, et j'entrai. L'encadreur prend la balle au bond et, sans me demander mon avis, me présente : "Voyez donc, Monsieur Boudin, c'est ce jeune homme qui a tant de talent pour la charge !" Et Boudin, immédiatement, vint à moi, me complimenta gentiment de sa voix douce, et me dit : « Je les regarde toujours avec plaisir, vos croquis ; c'est amusant, c'est leste, c'est enlevé. Vous êtes doué, ça se voit tout de suite. Mais vous n'allez pas, j'espère, en rester là. C'est très bien pour un début, mais vous ne tarderez pas à en avoir assez, de la charge. Étudiez,

apprenez à voir et à peindre, dessinez, faites du paysage. C'est si beau, la mer et les ciels, les bêtes, les gens et les arbres tels que la nature les a faits, avec leur caractère, leur vraie manière d'être, dans la lumière, dans l'air, tels qu'ils sont ».
Mais les exhortations de Boudin ne mordaient pas. L'homme, tout compte fait, me plaisait. Il était convaincu, sincère, je le sentais, mais je ne digérais pas sa peinture, et, quand il m'offrait d'aller dessiner avec lui en plein champ, je trouvais toujours un prétexte pour refuser poliment. L'été vint ; j'étais libre, à peu près, de mon temps ; je n'avais pas de raison valable à donner ; je m'exécutai de guerre lasse. Et Boudin, avec une inépuisable bonté, entreprit mon éducation. Mes yeux, à la longue, s'ouvrirent, et je compris vraiment la nature ; j'appris en même temps à l'aimer. Je l'analysais au crayon dans ses formes, je l'étudiais dans ses colorations. Six mois après, en dépit des objurgations de ma mère, qui commençait à s'inquiéter sérieusement de mes fréquentations et qui me voyait perdu dans la société d'un homme aussi mal noté que Boudin, je déclarai tout net à mon père que je voulais me faire peintre, et que j'allais m'installer à Paris, pour apprendre.
« Tu n'auras pas un sou !
– Je m'en passerai. »
Je pus m'en passer, en effet. J'avais depuis longtemps fait ma bourse. Mes caricatures l'avaient garnie largement. Il m'était souvent arrivé, en un jour, d'exécuter sept ou huit

portraits-charge. À un louis la pièce, mes rentrées avaient été fructueuses, et j'avais pris l'habitude, dès le début, de les confier à une de mes tantes, ne me réservant pour mon argent de poche que des sommes insignifiantes. Avec deux mille francs, à seize ans, on se croit riche. Je me munis, près de quelques amateurs de peinture qui protégeaient Boudin, qui avaient des relations avec Monginot, l'ami de Manet, avec Troyon, qui faisait partie de la bande de Barbizon, et avec Amand Gautier, que ses liens avec Courbet me rendait admirable, de quelques lettres de recommandation et je filai dare-dare sur Paris.

Je mis quelque temps, tout d'abord, à me débrouiller. J'allai visiter les artistes près desquels j'étais introduit. Je reçus d'eux d'excellents conseils ; j'en reçus aussi de détestables. Troyon ne voulut-il pas me faire entrer dans l'atelier de Couture ? Avec quelle décision je m'y refusai, inutile de vous le dire. J'avoue même que cela me refroidit, momentanément du moins, dans mon estime pour Troyon. Je cessai peu à peu de le voir et ne me liai plus, tout compte fait, qu'avec des artistes qui cherchaient. Je rencontrai à ce moment Pissarro qui ne songeait pas encore à se poser en révolutionnaire et qui travaillait tout bonnement dans la note de Corot. Le modèle était excellent ; je fis comme lui, mais, tout le temps de mon séjour à Paris, qui dura quatre années, et qu'entrecoupèrent d'ailleurs de fréquents voyages au Havre, c'est sur les conseils de Boudin que je me réglai, tout enclin que je fusse à voir avec plus de largeur la nature.

Mais tenez, Bergholz, mangez donc, c'est une spécialité de la maison ! Claire, qui est rentrée dans la maison du temps de ma femme, est une cuisinière formidable. Et les gratins de fruits sont parmi ses chefs-d'œuvre. » Pour la première fois depuis que je m'étais assis, j'ouvris donc la bouche, mais ce fut pour engloutir une part dudit chef-d'œuvre, qui méritait bien ce qualificatif, et avait de surcroît l'immense mérite de donner à mon silence une excuse polie.

« Où en étais-je, fit le peintre avec une légère pointe d'impatience, comme si je l'avais bruyamment interrompu. Ah oui ! J'atteignis ainsi mes vingt ans. L'heure de la conscription allait sonner. Je la vis approcher sans terreur. Ma famille de même. On ne m'avait pas pardonné ma fugue, on ne m'avait laissé vivre à mon gré, durant ces quatre années, que parce qu'on espérait me pincer au tournant du service militaire. On supposait que, ma gourme une fois jetée, je me trouverais suffisamment assagi pour rentrer, sans trop me faire prier, chez les miens et me plier enfin aux affaires. Sur mon refus, on me couperait les vivres, et, si je tirais un mauvais numéro, on me laisserait partir.

On se trompait. Les sept années qui paraissaient si dures à tant d'autres me semblaient à moi pleines de charmes. Un ami qui était ce qu'on appelait alors un "chass d'Af" et qui adorait la vie militaire, m'avait communiqué son enthousiasme et insufflé son goût d'aventures. Rien ne me semblait attirant comme les chevauchées sans fin au grand soleil, les razzias, le crépitement de la poudre, les coups de sabre, les nuits dans le désert sous la tente et je répondis à la mise en demeure de mon père par un geste d'indifférence superbe. J'amenai un mauvais numéro. J'obtins, sur mes instances, d'être versé dans un régiment d'Afrique et je partis.

J'ai passé en Algérie deux années qui, réellement, furent charmantes. Je voyais sans cesse du nouveau ; je m'essayais, dans mes moments de loisir, à le rendre. Vous n'imaginez pas à quel point j'y appris et combien ma vision y gagna. Je ne m'en rendis pas compte tout d'abord. Les impressions de lumière et de couleur que je reçus là-bas ne devaient que plus tard se classer : mais le germe de mes recherches futures y était.

Je suis tombé malade, au bout de deux ans, très gravement. On m'envoya me refaire au pays. Les six mois de convalescence s'écoulèrent à dessiner et à peindre avec un redoublement de ferveur. À me voir ainsi m'acharner, tout miné que je fusse par la fièvre, mon père se convainquit qu'aucune volonté ne me briserait, qu'aucune épreuve n'aurait raison d'une vocation aussi déterminée, et, tant par lassitude que par crainte de me perdre, car le médecin lui avait laissé entrevoir cette éventualité dans le cas où je retournerais en Afrique, il se décida vers la fin de mon congé à me racheter.

“Mais il est bien entendu, me dit-il, que tu vas travailler, cette fois, sérieusement. Je veux te voir dans un atelier, sous la discipline d'un maître connu. Si tu reprends ton indépendance, je te coupe sans barguigner ta pension. Est-ce dit ?” La combinaison ne m'allait qu'à moitié, mais je sentis bien qu'il était nécessaire, pour une fois que mon père entrait dans mes vues, de ne pas le rebuter. J'acceptai. Il fut convenu que j'aurais à Paris, dans la personne du peintre Toulmouche, qui venait d'épouser une de mes cousines, un tuteur artistique qui me guiderait et fournirait le compte-rendu régulier de mes travaux.

Je débarquai un beau matin chez Toulmouche avec un stock d'études dont il se déclara enchanté. « Vous avez de l'avenir, me dit-il, mais il faut canaliser votre élan. Vous allez entrer chez Monsieur Gleyre. C'est le maître rassis et sage qu'il vous faut ». Et j'installai en maugréant mon chevalet dans l'atelier d'élèves que tenait cet artiste célèbre. J'y travaillai, la première semaine, en conscience, et j'enlevai avec autant d'application que de fougue mon étude de nu d'après le modèle vivant que Monsieur Gleyre corrigeait le lundi. Quand il passa, la semaine d'après, devant moi, il s'assit, et, solidement calé sur ma chaise, regarda attentivement le morceau. Je le vois ensuite se retourner, inclinant d'un air satisfait sa tête grave, et je l'entends me dire en souriant : « Pas mal ! pas mal du tout, cette affaire-là, mais c'est trop dans le caractère du modèle. Vous avez un bonhomme trapu : vous le peignez trapu. Il a des pieds énormes : vous les rendez tels quels. C'est très laid, tout ça. Rappelez-vous donc, jeune homme, que, quand on exécute une figure, on doit toujours penser à l'antique. La nature, mon ami,

c'est très bien comme élément d'étude, mais ça n'offre pas d'intérêt. Le style, voyez-vous, il n'y a que ça ».
J'étais fixé. La vérité, la vie, la nature, tout ce qui provoquait en moi l'émotion, tout ce qui constituait à mes yeux l'essence même, la raison d'être unique de l'art, n'existait pas pour cet homme. Je ne resterai pas chez lui. Je ne me sentais pas né pour recommencer à sa suite les *Illusions perdues* et autres balançoires. Alors à quoi bon persister ?
J'attendis toutefois quelques semaines. Pour ne pas exaspérer ma famille, j'ai continué à faire acte de présence, mais le temps d'exécuter d'après le modèle une pochade, d'assister à la correction..., et je filais. J'avais trouvé, d'ailleurs, à l'atelier, des compagnons qui me plaisaient, des natures qui n'avaient rien de banal. C'étaient Renoir et Sisley, que je ne devais plus désormais perdre de vue ; c'était Bazille, qui devint aussitôt mon intime, et qui aurait fait parler de lui, s'il avait vécu. Combien de fois, quelques années plus tard, nous sommes nous réunis dans son atelier de la rue de la Condamine, avec Manet, Renoir, et quelques autres ! C'était à deux pas du Café Guerbois, qui était un peu notre quartier général. Enfin, en ce temps-là, ni les uns ni les autres ne manifestaient plus que moi d'enthousiasme pour un enseignement qui contrariait à la fois leur logique et leur tempérament. Je leur prêchai immédiatement la révolte. L'exode résolu, on partit, et nous prîmes un atelier en commun, Bazille et moi.

J'ai oublié de vous dire que, depuis peu, j'avais fait la connaissance de Jongkind, le peintre hollandais, qui travaillait sur la côte normande à cette époque-là. Pendant mon congé de convalescence, un bel après-midi, je travaillais aux environs du Havre dans une ferme. Une vache pâturait dans un pré : l'idée me vint de dessiner la bonne bête. Mais la bonne bête était capricieuse, et, à chaque instant, se déplaçait. Mon chevalet d'une main, ma sellette de l'autre, je la suivais pour retrouver tant bien que mal mon point de vue. Mon manège devait être fort drôle car un grand éclat de rire, derrière moi retentit. Je me retourne et je vois un colosse qui pouffe. Mais le colosse était un bon diable. "Attendez, me dit-il, que je vous aide". Et le colosse, à grandes enjambées, rejoint la vache et, l'empoignant par les cornes, veut la contraindre à poser. La vache, qui n'en avait pas l'habitude, se rebiffe. C'est à mon tour, cette fois, d'éclater de rire. Le colosse, tout déconfit, lâche la bête et vient faire la causette avec moi.

C'était un Anglais de passage, très amoureux de peinture et très au courant, ma foi, de ce qui se passait chez nous :

"Alors vous faites du paysage, me dit-il.

– Mon Dieu, oui.

– Connaissez-vous Jongkind ?

– Non, mais j'ai vu de sa peinture.

– Qu'en dites-vous ?

– C'est rudement fort.

– Vous êtes dans le vrai. Savez-vous qu'il est ici ?
– Ah bah ?
– Il habite à Honfleur. Auriez-vous plaisir à le connaître ?
– Fichtre oui. Mais vous êtes donc de ses amis ?
– Je ne l'ai jamais vu, mais dès que j'ai su sa présence, je lui ai envoyé ma carte. C'est une entrée en matière. Je vais l'inviter à déjeuner avec vous."
L'Anglais, à ma grande surprise, tint parole et, le dimanche suivant, nous déjeunions tous trois de compagnie. Jamais repas ne fut si gai. En plein air, dans un jardinet de campagne, sous les arbres, en face d'une bonne cuisine rustique, son verre plein, entre deux admirateurs dont la sincérité ne faisait pas de doute, Jongkind ne se sentait pas d'aise. L'imprévu de l'aventure l'amusait : il n'était pas habitué, d'ailleurs, à être recherché de la sorte. Sa peinture était trop nouvelle et d'une note bien trop artistique pour qu'on l'appréciât, en 1862, à son prix. Nul, aussi, ne savait moins se faire valoir. C'était un brave homme tout simple, écorchant abominablement le français, très timide. Il fut très expansif ce jour-là. Il se fit montrer mes esquisses, m'invita à venir travailler avec lui, m'expliqua le comment et le pourquoi de sa manière et compléta par là l'enseignement que j'avais déjà reçu de Boudin. Il fut, à partir de ce moment, mon vrai maître, et c'est à lui que je dus l'éducation définitive de mon œil.
J'ai revu Jongkind à Paris très souvent. Ma peinture, ai-je besoin de le dire, y gagna. Les progrès que je fis furent

rapides. Trois ans après, en 1865, j'ai exposé pour la première fois au Salon. Les deux marines que j'avais envoyées ont été reçues avec un numéro un, accrochées sur la cimaise en belle place. Ce fut un gros succès. Même unanimité dans l'éloge, en 1866, pour un grand portrait que vous avez vu chez Durand-Ruel, *La Femme en vert.* Les journaux ont porté mon nom jusqu'au Havre. La famille m'a rendu enfin son estime. Avec l'estime est revenue la pension. Je nageai dans l'opulence, provisoirement du moins, car on devait se rebrouiller par la suite, et je me lançai à corps perdu dans le plein air. C'était une dangereuse nouveauté. Nul n'en avait fait jusque-là, pas même Manet qui ne s'y essaya que plus tard, après moi. Sa peinture était encore très classique, et je me souviens toujours du mépris avec lequel il parla de mes débuts. C'était en 1867 : ma manière s'était accusée, mais elle n'avait rien de révolutionnaire, à tout prendre. J'étais loin d'avoir encore adopté le principe de la division des couleurs qui ameuta contre moi tant de gens, mais je commençais à m'y essayer partiellement et je m'exerçais à des effets de lumière et de couleur qui heurtaient les habitudes. Le jury, qui m'avait si bien accueilli tout d'abord, se retourna contre moi, et je fus ignominieusement blackboulé quand je présentai cette peinture nouvelle au Salon. »

J'aurais aimé oser interrompre Monet, lui poser des questions sur tous ces gens qu'il faisait ainsi défiler, avec les années, devant moi. Je voulais lui demander ce que signifiait la division des couleurs, dont j'ignorais alors absolument tout. J'avais bien remarqué que dans certaines toiles, ce qui semblait orange vu de loin, était en réalité fait de la juxtaposition de deux couleurs pures, le rouge et le jaune, procédé qui donnait à ses tableaux, vus de près, des allures de palettes géantes. Mais, au ton qu'avait le peintre, et aux échanges de regards amusés que je surpris entre Blanche et la cuisinière, je compris qu'il ne fallait pas interrompre le monologue, de peur qu'il ne s'arrête à jamais.

« Je trouvai tout de même un moyen d'exposer, mais ailleurs. Touché par mes supplications, un marchand qui avait sa boutique rue Auber consentit à mettre en montre une marine refusée au Salon, qui se tenait au Palais de l'Industrie. Ce fut un tollé général. Un soir que je m'étais arrêté dans la rue, au milieu d'une troupe de badauds, pour entendre ce qu'on disait de moi, je vois arriver Manet avec deux ou trois de ses amis. Le groupe s'arrête, regarde, et Manet, haussant les épaules, s'écrie dédaigneusement : « Voyez-vous ce jeune homme qui veut faire du plein air ? Comme si les anciens y avaient jamais songé ! »

Manet avait d'ailleurs contre moi une vieille dent. Au Salon de 1866, le jour du vernissage, il avait été accueilli, dès l'entrée par des acclamations. « Excellent, mon cher, ton tableau ! » Et des poignées de main, des bravos, des félicitations. Manet, comme vous pouvez le penser, exultait. Quelle ne fut pas sa surprise quand il s'aperçut que la toile dont on le félicitait était de moi. C'était *La Femme en vert*. Et le malheur avait voulu que, s'esquivant, il tombât sur un groupe dont Bazille et moi nous étions.

“Comment va ? lui dit un des nôtres.

– Ah ! mon cher, c'est dégoûtant, je suis furieux. On ne me fait compliment que d'un tableau qui n'est pas de moi. C'est à croire à une mystification”.

Quand Astruc, qui était un peu artiste, mais surtout critique, et l'un des principaux soutiens de Manet, lui apprit le lendemain que son mécontentement s'était exhalé devant l'auteur même du tableau et qu'il lui proposa de me présenter à lui, Manet, d'un grand geste, refusa. Il me gardait rancune du tour que je lui avais joué sans le savoir. Une seule fois on l'avait félicité d'un coup de maître et ce coup de maître avait été frappé par un autre. Quelle amertume pour une sensibilité à vif comme la sienne.

Je ne l'ai revu que bien plus tard. Peut être trois ans après. Mais alors nous sommes devenus très intimes. Dès la première rencontre il m'invita à venir le retrouver tous les soirs dans un café des Batignolles où ses amis et lui se réunissaient, au sortir de l'atelier, pour causer. J'y ai rencontré Fantin-Latour et Cézanne, Degas, qui est arrivé peu après d'Italie, le critique d'art Duranty, Émile Zola qui débutait alors dans les lettres, et quelques autres encore. J'y amenai moi-même Sisley, Bazille et Renoir. Rien de plus intéressant que ces causeries, avec leur choc d'opinions perpétuel. On s'y tenait l'esprit en haleine, on s'y encourageait à la recherche désintéressée et sincère, on y faisait des provisions d'enthousiasme qui, pendant des semaines et des semaines, vous soutenaient jusqu'à la mise en forme définitive de l'idée. On en sortait toujours mieux trempé, la volonté plus ferme, la pensée plus nette et plus claire.

Et puis ce fut la guerre. Je venais de me marier avec Camille. Je passai en Angleterre. Je trouvai à Londres quelques amis : Bonvin, le peintre de genre, et Pissarro. Nous avons connu aussi la misère. L'Angleterre ne voulait pas de nos peintures. C'était rude. Un hasard m'a fait rencontrer Charles Daubigny, qui naguère m'avait témoigné de l'intérêt. Lui aussi était réfugié, et il exécutait alors des vues de la Tamise qui plaisaient beaucoup aux Anglais. Ma situation l'a ému. "Je vois ce qu'il vous faut, me dit-il ; je vais vous amener un marchand". C'est comme cela que j'ai fait la connaissance, le lendemain, de Durand-Ruel.

Et Durand-Ruel, pour nous, fut le sauveur. Pendant quinze ans et plus, ma peinture et celle de Renoir, de Sisley, de Pissarro n'ont pas eu d'autre débouché que le sien. Un jour vint où il lui fallut se restreindre, espacer ses achats. Nous avons cru voir la ruine : c'était le succès qui arrivait. Proposés à Petit, aux Boussod, nos travaux ont trouvé en eux des acheteurs. On les jugea tout de suite moins mauvais. Chez Durand-Ruel, on n'en eût pas voulu ; on prenait confiance chez les autres. On acheta.

Le branle était donné. Aujourd'hui, c'est bien différent : tout le monde veut tâter de nous. Mais combien sont morts misérables qui seraient riches à présent s'ils avaient vécu aussi longtemps que moi…
Mais vous allez croire que notre vie ne fut que misère et malheur. Nous n'étions pas seuls, voyez-vous, et l'amitié tient bien chaud. Je me souviens, à l'été 1869, j'étais allé à La Grenouillère. C'était alors un endroit à la mode, où l'on découvrait les joies de la vie au grand air, le canotage, les régates. C'était facile d'y aller, pour les Parisiens. Saint-Lazare, direction Saint-Germain-en-Laye, arrêt Pont de Chatou : vous étiez arrivés. Il y avait aussi l'omnibus américain, qui faisait Paris-Bougival. Ça en faisait descendre, du monde, le dimanche après-midi. Moi, je m'étais installé dans une maison à Saint-Michel, sur une petite colline d'où je pouvais voir la Seine. Je n'avais pas d'argent. Pas un sou, rien, vous m'entendez ? Je comptais sur une commande d'Arsène Houssaye, qui dirigeait la revue *L'Artiste*, et m'avait déjà acheté de la peinture, mais elle n'est jamais venue. Pas un sou pour manger, alors vous pensez bien, pour acheter de quoi peindre… Heureusement, dans le coin, il y avait l'ami Renoir qui passait l'été chez ses parents, à Louveciennes. Eh vous savez pourquoi ? Parce que lui aussi, il était ruiné. C'est lui, qui m'a appris à m'accommoder de la pauvreté. Ce pauvre Bazille m'avait raconté que Renoir lui avait écrit : “On ne bouffe pas tous les jours, seulement je suis tout de même content, parce que, pour la peinture, Monet

est une bonne société." Il était comme ça Renoir, un talent insensé pour le bonheur. Il détestait les grands discours, et les théories. Sa phrase préférée c'était : "Je ne peins que par plaisir". Ça l'amusait beaucoup qu'on fasse de lui un pionnier de l'art moderne. Il avait acheté un petit lopin de terre avec ses derniers sous qu'il avait gagnés en peignant des décors d'assiettes et le soir, il nous apportait quelques patates et aussi des croûtons de pain, qu'il avait dérobés chez ses parents. C'est grâce à lui qu'on n'a pas crevé de faim. On vivait sans pain, sans vin, sans feu, sans lumière, c'était atroce ! J'ai voulu mourir, vous m'entendez. Oui on meurt d'être misérable. Et tout autour de nous les gens venaient faire du canot ou danser au bal, le jeudi soir et en fin de semaine. »
Maintenant il se taisait. Et ce silence me ramena à la conscience du monde extérieur. Nous étions à la cuisine, je l'avais oublié. Comme j'avais oublié la présence de Blanche qui se tenait là, immobile, appuyée contre le fourneau, et écoutait avec une sorte d'intensité. « J'ai voulu mourir », avait dit Monet. À la façon dont Blanche le regardait, je compris qu'il ne s'agissait pas de simples mots.
« La Grenouillère, voyez-vous, c'était une gargote, un petit café en bois sur un ponton. Les soirs de bal c'était une cohue ahurissante, les tables de bois ruisselaient de bière et de mauvais vin. Ah, c'était pas le côté chic, comme chez Fournaise, à Chatou, un beau restaurant avec des marquises à rayures rouges. Renoir y allait,

jeune homme. Il payait son repas avec ses tableaux, et le patron, Fournaise, il lui disait que ça lui servirait à cacher les taches d'humidité sur les murs. Côté Grenouillère, c'était plutôt le vin des pauvres. Eh puis il y avait ces braves filles, celles qu'on appelait les "Grenouilles", qui cachaient un peu la misère sous l'apparence de la sensualité. J'ai beaucoup peint, là-bas, dès que j'ai eu trois sous pour m'acheter ce qu'il fallait. Mais il a fallu que je m'arrête plus d'une fois, faute de couleurs. Cela me rendait furieux contre tous, jaloux, méchant, j'aurais voulu me casser la tête contre les murs. En fait, c'est Renoir qui avait raison, il y avait quelque chose de beau, dans ce dénuement. On peignait à partir de rien, comme si on n'avait jamais vu le monde auparavant. On peignait comme des aveugles qui ont recouvré la vue, on peignait comme des affamés. »

Au moment même où il prononçait ces mots, Monet se leva, et me regarda d'un air que je pris pour du reproche. « Ça suffit, j'ai trop parlé. Et j'attends de la visite. » L'instant d'après, il avait disparu. Pourtant, je ne l'avais pas vu partir. Et, par cette absence aussi soudaine que sa présence était forte, je ressentis, physiquement, cette évidence : j'étais dans le monde de Claude Monet. Pas simplement parce qu'il m'était donné de pénétrer dans sa maison, de fouler l'herbe de son jardin, mais parce que, dans cette cuisine où deux femmes semblaient s'être remises à respirer, il m'apparut que, comme l'agneau de lait qui rôtissait maintenant dans la cheminée, le monde entier tournait ici autour d'un point fixe, un dieu barbu qui aimait tout façonner, jardin, maison, plats et tableaux.

« Où est-il allé ? demandais-je timidement à Blanche.

– Il jardine. »

Je ne revis Monet qu'en fin d'après-midi, ce jour-là. Il avait eu de la visite, en effet, mais je n'avais pas été convié à me joindre à ses invités, et c'est assis sur un des bancs verts du jardin, à l'ombre, que je vis, au loin, dans une partie du domaine à laquelle je n'avais pas encore eu accès, un groupe de cinq personnes. Je reconnus bien sûr Monet, qui avait mis sur son costume clair un pardessus et un nouveau chapeau mou, et Blanche qui, peut-être par une sorte de fatalité propre à son prénom, portait une longue robe brodée de la même couleur que ses cheveux blancs qu'elle avait noués en chignon. À leurs côtés se tenaient une jeune femme dont l'air rêveur et la coupe de cheveux à la mode attirèrent mon attention, et une autre femme, enfin, une Japonaise, qui portait une magnifique tenue traditionnelle, nouée à la taille par une large ceinture qui lui couvrait tout le ventre jusque sous la poitrine qu'elle avait menue. Je souris en m'apercevant qu'une telle vision, qui avant-hier encore m'aurait étonnée à Paris, me semblait dans ces lieux d'un naturel absolu, comme s'il s'agissait là d'une sorte de plante dont seul Monet cultivait les graines. Il y avait enfin un autre homme, que je n'avais pas vu tout de suite, parce qu'il se tenait derrière Monet, et portait un costume sombre. Malgré son chapeau mou, qui aurait pu faire croire à quelque fratrie avec le peintre, je reconnus la silhouette, et la moustache si fameuse : c'était Georges Clemenceau. Et, tandis que, par un hasard de leur promenade, il disparut de nouveau derrière Claude Monet, je me dis que l'histoire, en s'effaçant, venait rendre hommage au paysage.

Le soir, les invités étant partis vers les six heures, je fus convié à rester, et, après un dîner fastueux, Monet m'attira au salon, « pour boire un verre d'alcool de prune maison », me dit-il. Il avait manifestement encore envie de bavarder. Il m'emmena dans le salon qui lui servait autrefois d'atelier, et là, enfin, je pus voir des œuvres nées de la main du peintre. C'était une grande pièce comportant deux ouvertures : une fenêtre au sud et une immense baie vitrée qui assurait en journée la luminosité des lieux. En cette soirée de printemps, c'était l'obscurité du jardin qui semblait au contraire envahir ceux-ci. La baie était orientée à l'ouest, m'expliqua le peintre, et non au nord, comme il l'aurait fallu. C'était pour ça qu'il ne l'avait pas conservée comme atelier, mais aux murs, un accrochage serré retraçait un pan de sa vie d'artiste. Il y avait des tableaux partout, sur quatre rangs, jusqu'au plafond, au point que j'avais l'impression d'être entré dans un tunnel de peinture comme au jardin j'avais traversé ce tunnel de fleurs. Il y avait là, pêle-mêle, des tempêtes sur les rochers de Belle-Île, des *Nymphéas*, des paysages dorés de Bordighera, une *Vue du Parlement* peinte à Londres, et un tableau bien plus ancien : un émouvant *Vétheuil dans le brouillard*, de 1879. Tout cela était collé bord à bord, sans souci de chronologie ni de thème, et formait comme une immense et unique peinture, un vaste environnement coloré qui vous enlaçait et ne vous lâchait plus. Monet, qui se tenait fièrement debout au milieu de son œuvre, me proposa de m'asseoir dans l'un des fauteuils en rotin qui constituaient le mobilier principal de la pièce, tandis que lui s'installait confortablement sur un canapé recouvert d'indienne au motif de mangues stylisées. J'étais si ému d'être enfin là, dans cette pièce où seule la nuit qui rendait la verrière presque noire tranchait avec une vibration colorée sans fin, que ce fut lui, le premier, sentant ma gêne, qui me dit : « Vous regardez ce tableau londonien ? » Et comme, ne sachant que répondre d'intelligent, je lui avouai qu'il me faisait penser à un Turner, à cause du Parlement que l'on y devinait dans le brouillard, il me grogna d'une voix sourde : « Oui, c'est là que je l'ai découvert, durant cette année terrible, et ses tableaux me firent grand bien. Je me souviens en particulier de son *Incendie du Parlement*. Quelle lumière divine, chez cet homme-là. Il vous peint un incendie comme si c'était un opéra. On regarde, et soudain on est dedans, sur le bateau, en train de s'approcher du feu. Et plus on est ébloui, plus on a l'impression de voir. Il possède comme personne la science de l'empâtement. Il a compris que la peinture n'était pas affaire que de couleur, mais de matière. Oui, la matière même du monde. Ah, c'est un panthéiste, cet Anglais. Il me nourrit chaque jour, voyez-vous. »

Comme on venait de nous apporter à boire, Monet s'interrompit, pour prendre de petits verres à alcool qui étaient entreposés sur une caisse à tableau, à côté d'un buste le représentant. « Alors, comme ça, vous êtes Polonais, me dit-il comme s'il était désireux d'amener ailleurs la conversation. Je ne connais pas votre patrie, jeune homme, et je ne voyage plus. Trop vieux. Mais j'ai aimé voyager, vous savez. Peut-être parce que je ne me sentais de nulle part, avant de trouver Giverny. Ma vie n'a été qu'un voyage jusqu'à ce que j'aie trouvé pays et maison à ma convenance. Argenteuil, Vétheuil, Poissy ne furent que des étapes. C'est ici le terminus, l'endroit où je me suis senti capable de faire des chefs-d'œuvre. Bien sûr je suis allé à Fontainebleau, comme tous mes contemporains, et surtout en Normandie. Mais la Normandie, dans le fond, c'était mon enfance chaque fois retrouvée. Pourquoi croyez vous que je sois allé sept fois à Étretat ? On ne peint bien que ce que l'on connaît. Il faut s'imprégner. Je ne suis pas un touriste, Bergholz. Et mes rares destinations lointaines n'avaient d'autre but que d'approfondir ma vision. Dans le fond, je ne peins que ce que je vis, et où je vis. C'est pour cela que j'aime choisir des lieux à l'écart, comme la vallée de la Creuse, ou Belle-Île quand je quitte Giverny l'hiver. Une ou deux

fois, je suis allé dans le Sud, en Italie, à Bordighera, et sur la Côte d'Azur, à Antibes. Eh bien, que croyez-vous que j'aie fait ? Je suis resté trois mois et demi à Antibes. C'est ce qu'il m'a fallu pour en venir à bout, et oublier tout ce bruit du monde qui m'empêchait de voir.
Et puis il y a eu Venise. Ce fut le dernier voyage, à l'automne 1908. Alice était encore là, dieu merci. Depuis qu'elle n'est plus, je n'ai pas le cœur à m'éloigner. J'ai Giverny, et Giverny me suffit. Je n'aurais pas assez de toute une vie pour explorer les merveilles inépuisables de mon jardin. Et de vie, que me reste-t-il ? Venise, dans le fond, fut un approfondissement. Oui, c'était comme si je me retrouvais dans un bras inconnu de mon jardin d'eau. Et que, me trouvant là, je pouvais, par l'étude, mieux en éclairer la partie connue. Oh, cela n'alla pas en un jour ! Trop beau pour être peint. Alice avait peur que je quitte la ville sans avoir fait un tableau. J'étais au supplice. La Salute, San Giorgio, le Palais Ducal, comment voulez-vous peindre cela ! Intouchable. Et puis j'ai eu l'idée de la gondole. Oui, cela vous étonne ? Un bateau-atelier, comme celui que j'avais conçu en 1873 afin de peindre sur l'eau, au fil de l'eau. C'est Daubigny qui m'en avait inspiré l'idée, avec son bateau qu'il avait aménagé en atelier. Il l'avait baptisé le *Botin*, je crois, et il se promenait sur la Seine et sur l'Oise, traquant le paysage comme d'autres les canards. Au reste, il semble que Daubigny ait croisé ma route pour me rendre service. À partir du jour où nous fûmes liés, il demeura l'ami fidèle et sûr. Au jury

du Salon, il me défendait avec acharnement, moi et les autres impressionnistes. Une année, il démissionna parce qu'on nous avait refusés malgré son obstination. "Je n'ai que faire, disait-il, dans une maison où l'on refuse ce que j'aime..." C'est grâce à lui que je suis entré en relation avec Durand-Ruel, et ce jour-là j'eus la vie sauve... » Monet s'arrête longuement ; à sa gauche la verrière laisse passer la nuit qui nous envahit, comme par capillarité. « Enfin, tout ça, je vous l'ai déjà raconté. Donc me voici à Venise, sur ma gondole-atelier, avec ma pauvre Alice qui gèle et accompagne patiemment mes crises de désespoir en écrivant, sur cette barcasse qui flotte comme un bouchon de liège, des lettres à sa fille Germaine. Et moi, comme sous l'impulsion physique du courant qui anime le canal, je retrouve ma jeunesse sur la Seine, et je me mets à travailler comme un frénétique. De huit heures le matin à six heures le soir, quatre motifs, par séances de deux heures. Avec deux heures de pause à midi, pour nourrir ce fichu corps. J'étais repris par la folie de « l'effet ». Comment saisir le motif dans le temps ? C'est la question de toute une vie, Bergholz. Le temps qu'il fait, le temps qui passe... Il y a de quoi être terrifié, n'est-ce pas ? Mais à Venise je compris que l'affaire était plus grave qu'une simple question d'heures du jour. L'instant, Bergholz, l'instant, c'est la grande affaire. Vous voyez ce tableau, là. » Et il pointa du doigt une toile à l'harmonie bleu-vert que je n'avais pas remarquée, dans ce fouillis de peinture. « Celui-là, je l'ai peint de la

fenêtre de ma chambre, au Grand Hôtel Britannia. C'est le Palais da Mula. Vous voyez ce bleu et ce vert, mais regardez ce rose qui vient poindre dans les interstices de ces couleurs. Eh bien c'est cela que je cherche : le point où quelque chose naît, là où l'espace se réconcilie avec le temps. Vous me comprenez, n'est-ce pas ?
Dans le fond, à Venise, j'ai retrouvé ce que j'avais aimé depuis ma jeunesse, et que je faisais déjà sur la Seine à Argenteuil, avec mon petit bateau : me couler dans le paysage. Oui, c'est cela, devenir cette fluidité. Les gens se trompent, qui pensent que j'aime peindre tout ce qui est liquide, mouvant, éphémère, ou je ne sais quoi encore. Certes, j'aime l'eau qui me rappelle la mer au Havre, j'aime l'eau pour ses reflets, son mouvement, son calme dans le bassin de mon jardin ou sa fureur dans la tempête à Belle-Île, j'aime l'eau où la couleur vient se perdre et le nymphéa se reposer, mais ce que j'aime par dessus tout, c'est devenir moi-même fluidité. Ah, je ne sais pas si je me fais comprendre, Bergholz. Mais vous voyez, quand je peins, et que cela va – parce que parfois, vous savez, c'est terrible, la peinture – quand je peins et que la peinture m'embarque, alors j'oublie que je suis assis, vieux, encombré de ce corps pesant, et presque aveugle, et je vogue le long des motifs, je m'introduis dans les aspérités, j'épouse le paysage. Oui, Bergholz, j'épouse le paysage. Je suis comme cette barque que j'avais peinte en 1887, ici même. C'était une « norvégienne ». Je suis comme elle : enserré dans l'eau noire du temps.

Il m'a fallu faire ce dernier détour par Venise, pour aller jusqu'au bout. Venise, c'était les commencements : ici réside la fin. Vous savez, j'appartiens à cet endroit, comme j'appartiens à ces tableaux, dit-il en montrant les murs d'un geste circulaire. Je suis leur enfant. »

Troisième journée

« Vous avez déjà vu les iris. Plus loin j'en ai une autre variété, que je fais venir de Hollande. Ces fleurs-là, en tapis, ce sont des aubrietias. Malheureusement elles attirent les insectes, et les oiseaux ! Je vais devoir y renoncer. Je crois que vous avez remarqué les dernières roses de Noël, sous les arceaux. Vous avez de la chance, l'hiver a été rude pourtant. Tout a sa place déterminée, ici. Mon jardin a l'air désordonné, comme cela, mais c'est trompeur, il n'y a rien de plus ordonné. On le voit bien de la fenêtre de ma chambre, grâce à la hauteur. C'est un jardin à la française qui se cache sous un désordre anglais. Ah, là ce sont les jonquilles, vous avez remarqué leur odeur de jasmin ? Ça me rappelle Bordighera. Et les myosotis. Vous savez comment on dit myosotis, en anglais : *Forget-me-not* ! C'est Pissarro qui me l'avait appris lorsque nous étions à Londres. J'en plante toujours, depuis que j'ai un jardin. Maintenant, ça me fait penser à Pissarro. *Forget-me-not*...

Oui, c'est cela, ce jardin, un souvenir. Dans ce massif, vous voyez, ce sont des ancolies. Regardez l'élégance de cette fleur, cette longue tige. Et puis la couleur. Vous la croyez bleue, n'est-ce pas ? Mais il y a du bleu clair, et un autre, plus foncé, et du jaune pâle, et du rose, et là, sur cette fleur pas encore ouverte, regardez, du lie-de-vin ! C'est magnifique. Comment voulez-vous que ce soit l'affaire du peintre que de rivaliser avec ça ? »
Il était onze heures du matin, et Monet, qui m'avait imposé le port du chapeau de paille, m'entraînait dans les massifs de son jardin comme s'il m'avait fait visiter une exposition de ses œuvres dont il aurait été l'unique concepteur, des tableaux à l'accrochage, en passant par les lieux eux-mêmes. « Et ça, savez-vous comment ça s'appelle ? » me demanda-t-il d'un air ravi. « Ce sont des clématites, répondis-je, et à côté, je crois bien que cet arbre auquel elles s'agrippent, c'est un seringa. Et là, à nos pieds, je sais ce que c'est, mais je ne connais le nom qu'en polonais : *mak*. Ma mère faisait un gâteau roulé avec ça, le *makoviec*.
– C'est du pavot, celui-ci est une variété qui vient d'Orient. Mais vous avez l'air de connaître le nom des fleurs, Bergholz. Où est-ce que vous avez appris tout ça ?
– C'est à mon grand-père que je le dois, maître. Lorsque j'étais enfant, à Varsovie, j'allais souvent le rejoindre en fin de semaine dans sa maison d'Otwock. C'est à environ une heure de la ville. Je crois y avoir fait allusion dans

ma lettre. On y allait en voiture à cheval. Le chemin de fer n'était pas très répandu chez nous, à l'époque. Mon grand-père parlait très peu, mais son plaisir était de m'emmener dans son jardin, qui ressemblait plus à un grand pré entouré d'arbres qu'à votre Clos Normand. Il me donnait la main, que je serrais très fort, de peur de me perdre dans les hautes herbes qui me piquaient les mollets, et il m'emmenait d'abord voir les arbres, dont je devais retrouver le nom rien qu'à la forme de l'écorce, sur le tronc, ou à la découpe des feuilles qu'il attrapait sur les branches pour me les montrer. Il y avait des bouleaux, des sapins, des chênes à grappes, des ormes champêtres, et mon arbre préféré, un saule blanc qui devient argenté sous la lumière d'août. Ensuite, on partait dans le pré, qui me semblait une immense prairie, et là, le jeu consistait à trouver le premier une fleur parmi les herbes folles. Mon grand-père gagnait toujours. Il n'avait pas son pareil pour repérer la plus petite tache de couleur dans le vert de l'herbe. Nulle marguerite, aucun bouton d'or n'échappait à sa vigilance et si j'aimais ce jeu, et l'air satisfait qu'il affichait à chacune de ses victoires, il y avait je ne sais quoi d'inquiétant dans l'intensité qu'il mettait à débusquer tout ce qui tranchait sur l'uniformité apparente de ce champ qui était son seul bien. Rentrés à la maison, nous étalions notre butin sur la table de la cuisine, et le rituel commençait. Chaque fleur devait être nommée, puis rangée avec ses congénères. D'un côté on mettait donc le pied d'alouette aux fleurs violettes, puis les fleurs d'ail, les asters dont le cœur jaune éclairait les pétales d'un mauve si doux, et la digitale. Mon grand-père commençait par les dénombrer, puis, en les nommant à voix haute, il les assemblait en des bouquets qui orneraient les différentes pièces de la maison. Jamais je ne l'ai vu laisser faire un bouquet par ma mère, ou une autre femme de la famille. Le soir, en m'endormant, je regardais les fleurs des champs qu'il avait fait déposer sur la cheminée de ma chambre, et je me répétais le nom de chaque fleur à voix basse, comme une prière secrète qui me reliait à lui.

Une fois, seulement, je me risquais à lui demander d'où il possédait un tel savoir, et il me répondit : « J'ai appris ça dans la steppe, avec mes camarades, on faisait des concours de menus, et de compositions florales. » Ce fut tout, et on n'en parla plus. Dans mon esprit d'enfant, je pensais que c'était normal, une sorte de jeu pour adultes, comme moi je jouais aux cartes avec mon frère. Mon grand-père faisait des bouquets avec ses amis, et je n'aurais pas pu imaginer qu'il s'agissait de bouquets mentaux, conçus par la puissance du verbe et de l'esprit dans un lieu désespérément stérile, comme il ne m'était pas venu à l'idée que ces menus étaient le seul remède que quelques êtres perdus au bout du grand nul part avaient imaginé pour narguer leur plus puissant ennemi : la faim. Il m'a fallu devenir adulte, dès années plus tard, bien trop tard pour pouvoir le dire à mon grand-père que l'on avait retrouvé mort un matin, assis sur un banc

du jardin, alors que la rumeur venait de se répandre du retour des armées du tsar ; il m'a fallu bien du temps pour deviner que ce jeu d'adultes était un jeu terrible, où le vainqueur est celui qui a réussi à susciter chez ses camarades la plus grande sensation de manque. Car à la faim s'ajoutait là-bas une autre privation, celle de la beauté du monde.
Mon père disait que c'était pour ça qu'il vous avait tout de suite tellement aimé. Parce que dans cet hiver norvégien, vous étiez capable de faire naître un incroyable printemps. Parce que chez vous le blanc de la neige et du froid n'était pas blanc, mais bleu, ocre, jaune, et rouge même ! Parce que sous vos yeux, au bout de vos doigts, tout devenait couleur. La phrase que répétait mon père c'était : "Monet, la peinture elle lui coule des doigts." »
Monet resta silencieux un moment, fouilla dans sa poche à la recherche de je ne sais quoi, puis en sortit un paquet de Caporal rose presque vide, d'où il tira une cigarette et, tout en me tendant le paquet ouvert, il dit : « Nous devrions peut-être le commencer, cet entretien. »

À gauche de la maison, une petite allée ombragée faite de tilleuls taillés au carré, que je n'avais pas remarquée jusqu'à présent, peut-être à cause de son côté cubique qui contrastait tant avec le reste du jardin, abritait quelques chaises en rotins et une petite table pliante tout à fait semblable à celle que j'avais vue dans le salon. C'est là que nous nous mîmes à discuter, où, pour le dire mieux :

c'est là que j'écoutais Monet parler de sa jeunesse pour la seconde fois.

« J'imagine que vous êtes comme tous les autres, et que vous voulez savoir comment ça a commencé, cette histoire d'impressionnisme. Dans le fond, tout ça, c'était une idée de Bazille. Le pauvre n'aura même pas connu le mot “impressionnisme”. Il s'est fait tué à Beaune-la-Rolande, en pleine Beauce, le 28 novembre 1870. Il était de Montpellier, c'était un gars du Sud, et il devait faire sacrément froid dans cette plaine. Vous savez comment il est mort ? En voulant protéger des enfants qui se trouvaient au milieu de l'assaut. C'était un brave. Il voulait qu'on se fédère, nous les artistes. Alors, quand il est mort, je me suis dit que la meilleure façon de lui rendre hommage, de le garder encore un peu en nous, c'était de faire ce qu'il avait dit. C'était un enfant, voyez-vous, mais c'est un peu notre père, le fondateur quoi. C'est comme ça qu'on a fondé la Société anonyme coopérative des artistes peintres, sculpteurs et graveurs, en décembre 1873. Il y avait Renoir, Sisley, Pissarro, Degas, et puis une femme, Berthe Morisot. La suite vous la connaissez, elle est dans les livres. C'est le triste privilège des survivants, que de voir leur vie racontée par les autres. On a mis en commun tout ce qu'on avait, et on a organisé une exposition chez Nadar – vous savez, le photographe – c'était boulevard des Capucines, en avril. Magnifique ! Cent soixante-cinq œuvres de vingt-neuf artistes. Commercialement, ce fut un superbe échec ! Mais esthétiquement, quel triomphe !

Enfin, façon de parler… Louis Leroy, un journaliste à la mode, qui écrivait aussi des pièces populaires, et s'en était pris violemment au *Torero mort* de Manet en 1864, nous attendait au coin du bois. Un matin, on a vu arriver toute une marée de bourgeois parisiens accompagnés de leurs femmes qui faisaient la queue pour entrer dans l'atelier de Nadar. C'était un article dudit Leroy, paru le matin même dans *Le Charivari*, qui leur promettait une bonne partie de rigolade. J'y étais tout particulièrement pris à parti, comme si j'étais le chef d'une bande d'apaches. Mon tableau, *Impression, soleil levant*, qui est une vue que j'avais faite deux ans plus tôt dans le port du Havre, y était jugé moins fait qu'un "papier peint à l'état embryonnaire". Tout y passa, même son titre. Quand on m'avait demandé d'en donner un, pour le catalogue, je me suis dit que ça ne pouvait vraiment pas passer pour *Le Havre*. Je répondis : "Mettez *Impression*". On en fit *Impression, soleil levant*. Et Leroy, qui avait la dent dure, et de l'esprit, écrivit : "Impression… J'en étais sûr… Puisque je suis impressionné, il doit y avoir de l'impression là-dedans !…" Ça a fait le tour de Paris. Une nouvelle école était née : l'impressionnisme. Degas était furieux, Renoir aussi. Moi, je dois avouer que je n'étais pas mécontent. Puisqu'on nous moquait si fort, eh bien, c'est peut-être qu'on nous craignait.

– Vous voulez dire que vous étiez conscient du fait que ce nom, associé à l'un de vos tableaux, était pour vous une chance ?

– Euh, sans doute, sans doute. Enfin vous savez, c'est compliqué de constituer un groupe, surtout avec des artistes. Pissarro rêvait d'une sorte de coopérative anarchiste, Degas, qui ne voulait pas revivre le Salon des Refusés, désirait qu'on ouvre notre exposition aux autres tendances de l'art du temps. Pourquoi ne pas faire venir Courbet, disait-il, et Corot ? Quant à Manet, c'est bien simple, il ne voulut jamais renoncer à exposer au Salon, où le malheureux espérait sans doute encore triompher, alors que c'était pour nous une condition de participation à nos expositions, et il n'exposa pas avec nous. "Pourquoi irais-je avec vous, les jeunes, disait-il, puisque je suis reçu au Salon officiel qui est le meilleur terrain de combat." C'était le premier d'entre nous, mais il n'était pas là.
– Vous m'avez raconté, maître, que votre rencontre fut difficile.
– Ah oui, en effet, je ne me lasse pas de raconter cette histoire. Au Salon de 1865, j'avais exposé deux marines qui eurent du succès. J'étais dans les salles avec Bazille quand il rencontra une famille de sa connaissance. Il me présente. Nous causons. Tout à coup arrive un monsieur en chapeau haut de forme, vif, agité, qui se jette en travers de notre groupe, serre des mains et s'écrie : "C'est dégoûtant, on ne me fait compliment que de deux tableaux qui ne sont pas de moi ! Ils sont d'un nommé Monet. Si ce garçon a du succès, c'est parce que son nom ressemble au mien !"

Et tout courant le voilà parti. C'était Manet. Un instant plus tard, on l'avisait qu'il avait parlé devant moi. Il en fut contrarié. Je ne l'étais pas moins.
– Est-il vrai, maître, comme on l'a dit, que l'influence de Manet a été grande sur vos débuts ? Un critique que j'ai lu, Théodore Duret a même écrit que l'exposition de Manet en 1863 fut votre chemin de Damas. »
– Oui, Manet fut une révélation pour moi et pour toute ma génération. Après, j'ai évolué, n'est-ce pas… Je désirais vivement le connaître, mais après l'incident des deux marines, je n'osais faire un pas vers lui. En 1866, ma *Femme à la robe verte* avait donc été remarquée, et Zacharie Astruc m'entraîna chez Manet. Il me reçut un peu vertement : "Ah ! c'est vous qui signez Monet ?... Vous avez de la chance, jeune homme, vous avez du succès dès vos débuts au Salon. Moi, il y a dix ans que j'essaie de m'y faire voir !"
Puis, après un silence, il ajouta : "C'était bien, votre Femme à la robe verte, mais un peu haut… Il faudra voir ça de près." Nous sommes restés bons amis depuis lors. C'était un être exquis, sensible, qui souffrait d'être molesté, mal compris.
C'est moi, quelques années après sa mort, qui me suis occupé d'une souscription entre amis et admirateurs de ce grand artiste pour acheter son *Olympia* et l'offrir au Louvre. Ceci pour rendre hommage et justice à sa mémoire, et aussi pour venir en aide à sa veuve. J'avais écrit, au nom du groupe de souscripteurs, à Armand

Fallières, qui était alors Ministre de l'Instruction Publique. Tenez, j'ai demandé à Blanche de me retrouver le brouillon de la lettre, en pensant qu'il vous amuserait de la lire. C'était en février 1890, je crois bien. » Il sortit un papier plié de la poche de son gilet.

« Écoutez-moi ça : "Nous sommes certains d'être ici les représentants et les interprètes d'un grand nombre d'artistes, d'écrivains et d'amateurs, qui ont reconnu depuis longtemps déjà quelle place considérable doit tenir dans l'histoire du siècle le peintre prématurément enlevé à son art et à son pays. Les discussions auxquelles les tableaux de Manet ont servi de sujet, les hostilités qu'ils eurent à subir sont maintenant apaisées. La guerre serait encore ouverte contre une telle individualité que nous n'en serions pas moins convaincus de l'importance de l'œuvre de Manet et de son triomphe définitif. Il nous suffirait de nous rappeler, pour ne citer que quelques noms, autrefois décriés et repoussés, et aujourd'hui célèbres, ce qui est advenu à des artistes comme Delacroix, Corot, Courbet, Millet, l'isolement de leurs débuts et leur incontestable gloire posthume. Mais de l'aveu de la grande majorité de ceux qui s'intéressent à la peinture française, le rôle d'Édouard Manet a été utile et décisif. Non seulement il a joué un grand rôle individuel, mais il a été, de plus le représentant d'une grande et féconde évolution." Et puis encore ce passage, plus loin : "C'est l'*Olympia* que nous remettons entre vos mains, Monsieur le Ministre. Notre désir est de la voir prendre place au Louvre, à sa date, parmi les productions de l'école française." Ah, c'est quelque chose de relire cela ! Nous n'avions peur de rien. Je me souviens que j'avais même traité cet imbécile Antonin Proust, pourtant un ami du peintre, mais hélas ancien Ministre des Arts, qui avait déclaré publiquement ne pas aimer l'*Olympia*, et juger que sa place n'était pas au Louvre, de "pignouf". Il a voulu m'affronter en duel, ce joli coco. Au Louvre ! Ah ils nous l'ont fait payé, notre audace ! "Impressionnistes", oui, c'était un nom fait pour moquer. La presse s'est déchaînée après cette lettre comme chez Nadar en 1874 : "Les impressionnistes n'ont rien innové, rien, absolument rien… Ce n'est pas une "révolution" que l'impressionnisme puisque c'est un recul : ils considèrent comme non parvenus les progrès accomplis par toute une lignée de chercheurs et de héros…". Et ceci, encore, que j'eus la vanité de prendre un peu pour moi : "Un impressionniste qui procède des maîtres primitifs et des enlumineurs japonais est-il un artiste de son temps ? On ne saurait le soutenir. Son art est un anachronisme. " On a fini par avoir le musée du Luxembourg, au bout de dix mois. Vous vous rendez compte ? On ne demandait rien à l'État, sauf d'accepter un don. Et il leur a fallu dix mois pour se résigner à l'accepter… Qu'importe, quand je suis allé voir le tableau au Luxembourg, sans m'occuper de l'épouvantable entourage et de ce que contient ce stupide musée, j'avoue avoir été ravi. Jamais je n'ai mieux vu l'*Olympia*.

– Mais, maître, aujourd'hui, vous sentez-vous toujours impressionniste ? Votre œuvre a beaucoup évolué, surtout depuis que vous êtes installé ici, et que vous avez pris la décision d'organiser votre travail en séries ?
– Jeune homme, la peinture ne se conçoit pas assis à sa table, par des décisions arbitraires qu'il s'agirait ensuite d'appliquer. C'est vous, les critiques, qui avez inventé cette idée, parce que vous n'êtes pas peintres. Moi, je pense avec mon pinceau, c'est la toile qui me guide, la couleur qui m'entraîne. Je n'ai pas décidé de faire des séries, ce sont elles qui se sont imposées à moi. Je tournais, depuis déjà quelques années, sans même le savoir, autour de ça. Vous voyez, à Étretat, par exemple, où j'ai tellement travaillé : en un séjour de trois semaines, en 1883, j'ai une fois peint un ensemble de dix-neuf peintures. Je comptais faire une grande falaise, bien que ce soit terriblement audacieux de faire cela après Courbet, qui l'a faite admirablement, mais je tâchais de la faire autrement. Alors je passais mes journées à changer de point de vue, je promenais mon chevalet partout, au bord de la falaise, sur la plage, et même jusque dans l'eau. Je me trompais : ma peinture n'est pas affaire de point de vue, ça c'est bon pour les amateurs de pittoresque, et les touristes. Ce qui me plaisait, dans ce bloc de calcaire grand comme une cathédrale, c'était moins sa forme que son extraordinaire capacité tantôt à absorber la lumière, tantôt à la refléter comme un gigantesque miroir. Connaissez-vous Étretat, Bergholz ? Vous devriez

voir de quelle teinte se pare la roche lorsque le soleil vient caresser la Manneporte. Et comme les ombres sont noires et fraîches, lorsque les pierres sont roses et que, au loin, les bateaux papillonnent dans une mer volatilisée. La Manneporte, fichtre, un énorme arceau rose comme j'en ai mis dans mon jardin ! Mais par certains jours torrides, tout semble réduit en poussière, volatilisé par la chaleur, comme si la mer avait été bue par la falaise. La lumière vous savez, la lumière, elle détruit la réalité ! Il faut rendre justice au sujet, c'est ça la vérité. Il faut lui être fidèle, et ça, c'est impossible avec une seule toile. Alors, si on change de place en plus ! Est-ce que je n'ai pas déjà assez à faire avec les changements de lumière, ou de qualité de l'atmosphère. Voilà, ça s'est fait comme ça, sans le dire, par nécessité. Dans le fond, c'était une simplification. Au lieu de bouger sans cesse, je ne bougeais plus. Ça m'a demandé un peu d'organisation, au début. Il fallait que j'emporte beaucoup de matériel. Des tas de toiles, parce qu'on ne peut jamais savoir combien vont être nécessaires, selon le temps qu'il fera. Maintenant que je ne sors plus de mon jardin, c'est simple ; mais quand j'ai travaillé à Rouen, par exemple, j'ai du faire fait appel à un porteur qui m'accompagnait chaque jour de l'hôtel à la cathédrale… »

Parce que, comme vous devez le savoir, en 1892, je suis allé à Rouen. Tenter de m'affronter à cette façade, qui vaut bien toutes les falaises de toutes les côtes françaises. Rien n'est plus érodé que ce bloc-là ! Ce n'était pas la première fois que je peignais de la sorte. J'avais déjà fait tout un ensemble sur la gare Saint-Lazare, il y a bien longtemps, mais aussi des meules dans le coin de Giverny, et puis des peupliers sur l'Epte, mais là, ce n'était pas pareil. J'avais vraiment le nez sur le motif, et même si j'ai pu trouver trois emplacements dans la boutique d'un marchand de nouveautés en face de la cathédrale, je ne pouvais quasiment pas bouger. J'étais coincé ! Dans le fond, c'est ce que je voulais. Mais quelle difficulté ! J'étais obsédé, je travaillais sur une dizaine de toiles en même temps, chaque jour. J'en ai fait une trentaine en tout. Un rayon de soleil, et j'étais exalté. Je vous laisse imaginer ce que la pluie faisait à mon moral. Et croyez moi, il pleut souvent, à Rouen, en novembre. Ce n'est décidément pas mon affaire d'être dans les villes, et je m'ennuyais ferme, d'autant que ça ne marchait pas comme je voulais. Et quand il s'est mis à faire beau, c'est mon marchand de nouveautés qui m'a demandé de ne plus venir l'après-midi, parce que ça gênait les clientes qui venaient. Il a fallu que je lui offre deux mille francs pour qu'il me tolère encore un peu. Bon Dieu que cette mâtine de cathédrale est donc dure à faire ! Plus j'allais, plus j'avais du mal à rendre ce que je sentais. Je travaillais sans avancer, cherchant, tâtonnant, sans aboutir à grand-chose, mais au point d'en être fatigué. Certains matins, je n'y étais plus du tout, mes toiles me paraissaient atroces : un encroûtement entêté de couleurs. »

« Heureusement, il y eut Clemenceau. La parole d'un

ami vous console de bien des peines. J'avais exposé vingt *Cathédrales* chez Durand-Ruel, en mai 1895, tout tyrannisé de doutes. Mais l'exposition fut saluée comme un événement par mes amis peintres, et aussi par la presse. Clemenceau écrivit un grand article dans *La Justice* du 20 mai 1895. Ça s'appelait “Révolution de cathédrales”. Tenez, lisez ! » Et de son gilet dont je me demandai combien de trésors il cachait encore, le peintre tira fièrement une coupure de presse. Comme je tendais la main pour la saisir, je me trouvai bête, l'artiste ayant déjà commencé à me faire la lecture, après avoir chaussé ses lunettes aux verres épais : « L'obscur objet en soi reçoit du soleil toute vie, tout pouvoir d'impression visuelle. Mais ces ondes lumineuses qui l'enveloppent, qui le pénètrent, qui le font irradier dans le monde, sont en perpétuelle turbulence, hautes lames d'éclairs, embruns de lumière, tempêtes de clartés. Que sera le modèle sous cette fureur d'atomes vivants à travers laquelle il transparaît, par laquelle, pour nous, il *est* véritablement. Voilà ce qu'il faut voir, maintenant, ce qu'il faut exprimer par la peinture, ce qu'il faut décomposer de l'œil et recomposer de la main.

Avec vingt toiles, d'effets divers justement choisis, le peintre nous a donné le sentiment qu'il aurait pu, qu'il aurait dû en faire cinquante, cent, mille, autant qu'il y aurait de secondes dans sa vie, si sa vie durait autant que le monument de pierre, et qu'à chaque battement de son pouls il pût fixer sur la toile autant de moments du modèle. Aussi longtemps que le soleil sera sur elle, il y aura autant de manières d'être de la cathédrale de Rouen que l'homme pourra faire de divisions dans le temps. L'œil parfait les distinguerait toutes puisqu'elles se résument en des vibrations perceptibles même pour notre actuelle rétine. L'œil de Monet, précurseur, nous devance et nous guide dans l'évolution visuelle qui rend plus pénétrante et plus subtile notre perception du monde. »

Monet lisait, sans s'arrêter, sautant des passages, revenant en arrière, puis accélérant. Et tandis qu'il en était à « ces cathédrales grises, qui sont pourpre ou d'azur violentées d'or ; et ces cathédrales blanches, aux portiques de feu, ruisselantes de flammes vertes, rouges ou bleues… » une toile s'imposa devant mes yeux, avec l'aveuglante clarté du souvenir. C'était au Louvre, un an auparavant, alors que je visitais la salle dédiée au legs Camondo. Je me souviens que, dans cette collection extraordinaire qu'Isaac de Camondo avait offerte au musée, et qui comprenait, au milieu d'un ensemble de meubles XVIIIe, une cinquantaine de tableaux de maîtres, deux toiles arrêtèrent alors mon regard, comme si en elles se trouvait l'alpha et l'oméga de la peinture moderne. Il s'agissait du *Joueur de fifre* de Manet, et de ce Monet dont le titre à la Whistler, *La Cathédrale de Rouen : Le Portail, soleil matinal. Harmonie bleue,* disait bien le caractère musical. Si le tableau de Manet jouait du fifre, celui de Monet interprétait bien plus probablement l'une des

Images de Debussy. J'avais, quelques soirs avant cette visite, été au concert, en achetant l'une de ces places bon marché que l'on peut se procurer juste avant le spectacle, et je me souvenais du titre de l'une de ces compositions, qui m'avait frappé par sa beauté : *Et la lune descend sur le temple qui fut.* Je ne connais pas grand chose à la musique, mais j'y étais allé parce que c'était le grand Ignacy Paderewcki, mon compatriote, qui était venu donner en France et en Suisse une série de concerts pour le « Comité central de secours pour les victimes de guerre en Pologne » dont il était le fondateur.
Rien n'était plus dissemblable que ces deux tableaux mis côte à côte. Le Manet, plat comme une carte à jouer, et beau de cette platitude même. Muet, presque. Et le Monet, comme une éclaboussure de lumière sur le mur du Louvre, pareille à celle qui vient me réveiller en tapant au carreau de la chambre que j'occupe dans ce sixième étage parisien.
J'entendis la voix de Monet qui disait « C'est parfait, oui, absolument parfait, ça vous console de toutes les douleurs. C'est comme ça qu'il faut écrire, jeune homme… », et je me mis à imaginer ce que serait un littérateur à qui l'idée serait venue de traiter vingt fois, avec des lumières diverses, le même thème, et qui aurait la sensation de faire quelque chose de profond, de subtil, de puissant, d'écrasant, d'original, de saisissant, comme vingt cathédrales de Monet. Il y avait bien ce Marcel Proust, dont on parlait à Paris, et qui avait consacré

quelques pages d'un roman, *Jean Santeuil*, à une évocation des Monet de l'Hôtel de Réveillon. Mais le roman était resté inachevé, et son auteur s'était depuis lancé dans une sorte de texte fleuve dont personne ne croyait qu'il viendrait à bout. J'avais néanmoins recopié dans un carnet, afin de préparer ma visite, un passage du roman, qu'une revue avait publié, dont je ne mesurais pas alors la troublante justesse : « Quand le soleil perçant déjà, la rivière dort encore dans les songes du brouillard, nous ne la voyons pas plus qu'elle ne se voit elle-même. Ici c'est déjà la rivière, mais là la vue est arrêtée, on ne voit plus rien que le néant, une brume qui empêche qu'on ne voit plus loin. À cet endroit de la toile, peindre ni ce qu'on voit puisqu'on ne voit rien, ni ce qu'on ne voit pas puisqu'on ne doit peindre que ce qu'on voit, mais peindre ce qu'on ne voit pas, que la défaillance de l'œil qui ne peut pas voguer sur le brouillard lui soit infligée sur la toile comme la rivière, c'est bien beau. »

Quatrième jour

C'est seulement le quatrième jour que je parvins à pénétrer dans le jardin d'eau, et à voir Monet peindre. Jamais je ne sus si, me voyant là, il m'avait laissé le regarder, ou si au contraire mon audace n'était que le fruit d'une invitation muette.

Le peintre avait revêtu l'un de ces costumes élégants auxquels j'étais désormais habitué, qui vous donnaient le sentiment qu'il se rendait à quelque cérémonie, ou à un dîner en ville. Seul un chapeau de paille de forme ronde trahissait le plein air. Et il était assis sur une étonnante chaise haute, tout à fait pareille – à la taille près – à celles que l'on fait pour les enfants, lorsque ceux-ci commencent à être en âge de manger à table. Un gigantesque parasol blanc les protégeait, sa toile et lui, du soleil de mai. Ça aurait pu être pathétique, ce vieillard en chaise haute, et c'était magnifique. L'artiste, au milieu d'un cercle de personnes où je reconnus Blanche qui avait ceint sa taille d'un tissu noir, et une petite fille que j'avais une fois aperçue dans le jardin (durant ces quatre jours je ne cessais, dans la maison ou dans le jardin, de croiser ainsi des êtres de tous âges qui semblaient appartenir à la famille du peintre, mais dont celui-ci ne me confirma jamais les liens qu'il entretenait avec eux) ; l'artiste, semblait somnoler. Yeux clos, bras abandonnés, immobile, il cherchait des mouvements de lumière qui lui avaient échappé, et sur la défaillance, peut-être imaginaire, s'exerçait une âpre méditation. C'était le monde qu'il faisait ainsi monter dans son pinceau. Brusquement il s'éveilla, comme si quelque chose était passé dans son champ de vision, destiné à lui seul, et dont il avait pour mission de nous rendre compte. Il commença.

Son poignet était d'une vitalité exceptionnelle. Le corps était assis, mais la main courait, parcourant, sur la toile rectangulaire, un chemin que l'on aurait aimé pouvoir convertir en kilomètres. C'était une toile rouge, dont le peintre me dit ensuite qu'elle représentait le pont japonais qui enjambe l'extrémité du bassin aux nymphéas, là où l'étang redevient un ruisseau. Mais de là où je l'observais, au bord du chemin venant du clos fleuri, je ne voyais qu'un enchevêtrement de touches qui étaient comme autant de parcours dans un labyrinthe de couleur. À la vitesse du déplacement répondait une extraordinaire variété de touches : aiguës, tourbillonnantes, longues et calligraphiques, petites et en virgules, spiralées, torsadées, ou même, parfois, essuyées, comme si le peintre faisait de sa toile une immense palette où il ne s'agissait que de nettoyer ses pinceaux. Monet travaillait vite, bougeant tantôt la main tantôt le coude, mais je ne parvenais pas à comprendre où il allait, tant ce qui surgissait n'était pour mes yeux sans doute trop vierges, pas assignable au monde qui nous entourait. Où était ce pont que l'artiste avait fait construire et peindre en vert, dans cet éparpillement de rouge ? Je croyais reconnaître le chemin fleuri sous les arceaux, mais pourtant nous lui tournions le dos. Puis il s'arrêta. Et là, comme par une sorte de magie, sans même que j'eus le temps d'accoutumer mon regard à ce nouveau spectacle, la toile rouge disparut, immédiatement remplacée par une autre, du même format, mais qui semblait comme une esquisse à peine ébauchée de la première.

L'artiste, me dis-je, est comme un guetteur qui tente de capturer les instants que la nature lui accorde. Monet travaille en réalité sur douze ou treize toiles à la fois. À chaque heure de la journée, une toile. À telle heure, il s'en va sur tel motif, en quête d'une même lumière, qui aurait la même beauté, et devant ce paysage, il aligne deux, trois, quatre toiles pour, peut-être, ne fixer sur chacune qu'une parcelle de ce que son œil a vu et de ce que son âme a pu saisir… Face au spectacle de cette gestation sans cesse recommencée, je comprenais maintenant le ballet des êtres familiers qui allaient et venaient sans bruit autour du peintre. Spectacle que j'avais, dans un premier temps, pris pour une gêne inexplicable. C'était tout l'inverse : autour d'un centre immobile, l'artiste trônant sur son perchoir, tout bougeait dans une impeccable chorégraphie où, à chaque changement lumineux, une toile venait comme par enchantement se substituer à une autre sur le chevalet, tandis que de nouveaux pinceaux, impeccablement nettoyés, apparaissaient dans la main du maître. Blanche me confia plus tard que ce manège bien rodé avait une autre raison d'être. L'artiste ayant, en raison de sa cataracte, perdu une grande part de sa perception des couleurs, on lui disposait celles-ci sur des palettes préparées à l'avance, dans un ordre immuable, afin qu'il sache, de mémoire, où était chacune des teintes dont il allait disposer. C'était cela, Monet : un monde pivotant autour d'un axe unique, la peinture. Et tout, ici, famille, arbres et fleurs, semblait communier dans un même désir : que cela pivote bien. Car, de même que la lumière change brutalement au passage d'un nuage de printemps, l'humeur du peintre varie, d'un instant l'autre, de la joie enfantine au désespoir le plus profond. J'ai vu Monet, à un moment, enragé contre lui et contre son impuissance à trouver les accords de couleurs qu'il voulait, jeter les tubes dans le bassin et déchirer sa toile. « Ah, m'a-t-il alors crié avec un regard de vieillard agonisant, alors que je pensais qu'il ignorait ma présence, combien de fois n'ai-je pas, quand je travaillais au Havre, jeté ma boîte de couleurs dans la mer, pour le lendemain être obligé de télégraphier pour qu'on m'en procure une nouvelle. Car il faut bien recommencer… »

Et j'ai vu le même Monet, l'instant d'après, tandis que, dans une agitation à laquelle il ne semblait avoir prêté aucune attention, on lui avait changé toile et couleurs, travailler joyeusement, le visage semblable à celui d'un jeune homme, lisse et sans rides, telle l'eau du bassin maintenant qu'elle avait digéré le vert et le rouge qu'il y avait précipités.
Sa vie est ce qu'il peint, et ce qu'il peint est sa vie. Il est jeune le jour où le tableau « marche », et vieux lorsque ça ne marche pas. On l'entend à sa voix, à ses premières paroles. « Tout va bien ? » osais-je demander vers midi, tandis qu'on lui apportait une collation qu'il avala tout en regardant sa toile d'une façon que je ne saurais qualifier autrement que de féroce. Son être tout entier est le miroir de ses actions, et un nuage sur ses capacités est un nuage sur son visage. Il n'est heureux et ne souffre que par son ouvrage. Il ne veut qu'une chose : s'exprimer par les couleurs. « Il est regrettable, me répondit-il, qu'un homme ne s'intéresse qu'à une seule chose. Mais c'est plus fort que moi. Je ne m'intéresse qu'au travail ; qui est le plus souvent une torture. Si je pouvais trouver quelque autre centre d'intérêt, je serais bien plus heureux, car je pourrais m'y reposer. Maintenant je ne peux plus me reposer, les couleurs me poursuivent comme un tourment. Elles me poursuivent jusque dans mon sommeil. »
Mon père avait dit vrai. Je me rappelais mot pour mot ce qu'il m'avait si souvent raconté de ses conversations avec Monet. Un soir, me rapportait-il, alors que le peintre

rentrait tourmenté après avoir, à bientôt soixante ans, passé dix heures en plein air, dans le froid norvégien, à guetter le soleil et les couleurs pour les saisir sur un morceau de toile, il dit : « Non, c'est une trop grande souffrance… Et qu'est-ce que je veux ? Je poursuis un rêve, je veux l'impossible… » Ils s'étaient rencontrés par hasard dans une des gares de l'Ouest, et, sans même savoir à qui il avait affaire, Monet lui avait fait part de son admiration pour ce qu'il avait vu de la nature norvégienne au cours de son petit périple à travers la campagne. « Tout est d'une beauté exquise, ici, disait-il ; le Ringerike est magnifique et de Sundvollen on a une vue splendide sur une jolie région norvégienne. Dites-moi y a-t-il un village là-haut où l'on peut s'installer pour quelques temps ? D'ailleurs j'ai trouvé une perle tout près d'ici où je dois absolument aller. Mais comment diable s'appelle ce lieu… Tenez, regardez », et il sortit de son porte-monnaie un bout d'enveloppe déchiré.
« Lisez vous-même ». Il était écrit « Smestad ».
« Mais ne trouvez-vous pas que l'hiver norvégien est rude ? » demanda mon père.
« Non, pas du tout, je m'attendais à bien pire. Et puis comme on voyage tranquillement ici ! Il fait presque trop chaud dans les compartiments » – sur quoi il régla l'appareil sur froid. « Et les promenades en traîneau sont vraiment amusantes quand on est chaudement vêtu. » Et il l'était, racontait mon père : c'était un bel homme un peu grisonnant. Confortablement installé, il savourait

lentement son cigare : des vêtements de voyage épais et chauds, de hautes guêtres, une fourrure et un gros bonnet de laine ; c'était le parfait touriste étranger en voyage d'hiver.

« Cela fait maintenant huit jours que je suis ici, continua-t-il, et je me plais chaque jour un peu plus. Il faut que je peigne ici. Tout ce que je souhaite maintenant, c'est voir de l'eau ; j'en ai aperçu un peu de la fenêtre du compartiment tout à l'heure, mais je veux aller plus loin, pour voir la mer. Il me faut voir la couleur, comprenez-vous. Du reste, toute cette neige est belle. Il est impossible d'admirer de plus beaux effets qu'ici. Je parle des effets de neige qui sont absolument stupéfiants, mais d'une difficulté inouïe à peindre. Hier, j'ai pu voir un fjord, c'est à une demi-heure d'ici ; on y va sur la glace en traîneau et on arrive jusqu'au fin bord de l'endroit où le fjord n'est plus gelé. C'était merveilleux et cela m'a fait un plaisir énorme. J'ai là un motif délicieux : des petites îles au ras de l'eau, toutes couvertes de neige et au fond, une montagne. On dirait le Japon, ce qui est du reste bien fréquent en ce pays. J'ai en train une vue de Sandviken, un site qui ressemble à un village japonais. Puis je fais aussi une montagne que l'on voit partout ici et qui me fait penser au Fujiyama. J'ai dû mettre six toiles en train de ce dernier sujet tant les effets sont variables. Mais pourrai-je en venir à bout ? Enfin, je suis vraiment heureux d'être venu ici. Eh puis, j'ai grandi en Normandie. Je suis un peu Viking voyez-vous ! »

Alors que je me demandais, sortant de ma rêverie, comment cet homme, qui était quasi aveugle d'un œil tandis que l'autre était réputé si faible, pouvait encore peindre, je remarquais un geste étonnant, qu'il fit sur une toile ébauchée qu'on venait de disposer devant lui : il la caressa. Oh, pas longtemps, certes, et pas ostensiblement. On aurait dit, au contraire, que lui qui semblait d'ordinaire si peu conscient du monde qui l'entourait, agissait avec la rapidité de celui qui craint d'être surpris. Mais oui, pas de doute, il la caressait, et sous ses doigts qui avaient la mémoire de tant de tableaux, l'empâtement se faisait paysage, plantes et arbres, bassin et pont, tableau dont un aveugle vérifiait, par tous ses autres sens encore à vif, la justesse et la vie. À la façon dont il touchait, effleurant ici, pressant là, on pouvait deviner ce qui était solide et ce qui était liquide ; et ce pont, qu'au début je ne voyais pas, je le reconnus en suivant la main du peintre qui, en frôlant sa toile, y retrouvait la courbe sensuelle qu'il avait fait jeter, comme une parenthèse ouverte, sur les deux rives de son jardin d'eau.
Voilà le vrai peintre ! me dis-je avec exaltation. On le croit aveugle, mais c'est lui qui nous rend la vue, à la façon de quelque brutal oculiste qui, après nous avoir barbouillé les paupières de couleur nous dirait : maintenant, regardez ! Et l'on regarde, et tout se recompose. Ce qui était éparpillé s'impose en un ordre inconnu. Ce qui semblait noué se délie telle l'une de ces fleurs de papier japonaises qui s'épanouissent par le miracle de l'eau.

Oui je voyais comme Tobit après la visite de l'ange, et mes yeux ainsi réinventés caressaient l'air qui, à l'image du bassin, me parut avoir été créé par Monet. La petite phrase de Proust me revint en mémoire, à la manière de ces airs musicaux qui, une fois qu'ils ont conquis votre cerveau, viennent régulièrement lui rappeler leur présence : « peindre ni ce qu'on voit puisqu'on ne voit rien, ni ce qu'on ne voit pas puisqu'on ne doit peindre que ce qu'on voit, mais peindre ce qu'on ne voit pas, que la défaillance de l'œil qui ne peut pas voguer sur le brouillard lui soit infligée sur la toile comme la rivière, c'est bien beau. »

Monet, à la fin, descendit de sa chaise, en s'aidant d'une sorte de bâton que l'on avait fiché dans le sol, à sa gauche, à cet usage. « Venez », me dit-il, « je vais vous montrer. » Et il m'entraîna dans la direction de ce hangar aux murs aveugles où je l'avais vu pénétrer, le jour de mon arrivée.
Il s'effaça pour que je puisse rentrer en premier, et je vis. Je vis un anneau de peinture, un cercle immense et continu où la couleur se dilatait. La première image qui me vint à l'esprit fut celle de la piste circulaire et pentue que j'avais vue au Vélodrome de la rue Nélaton. Mais ici, c'était une toute autre compétition qui se livrait, avec un seul concurrent, qui était persuadé de perdre.
Pénétrer dans cet atelier, c'était comme rentrer une nouvelle fois dans le jardin d'eau, mais par une porte

inconnue, qui vous menait droit au cœur du bassin enchanté. Je compris pourquoi les murs en étaient aveugles : c'était du ciel que venait toute la lumière, le toit ayant été remplacé par une immense verrière que le peintre occultait plus où moins selon l'heure du jour, au moyen d'un système complexe de câbles avec lesquels il déplaçait de grands voiles blancs. Au centre exact de la pièce il y avait un vaste canapé, dont l'avachissement disait bien les heures que le peintre y avait passées, plongé dans une méditation angoissée sur son entreprise sans fin. Combien d'heures de tristesse, de crises de découragement et d'abattement avait connu ce sofa dont l'état contrastait avec celui des autres meubles que j'avais vus dans la maison ? C'était comme si, ici, il n'y avait nul besoin d'accorder le lieu et les œuvres, ainsi que le peintre l'avait fait jusqu'à l'excès dans chaque pièce de sa demeure. Parce que l'harmonie régnait, avec – comment le dire autrement ? – une telle violence qu'elle s'imposait à tout et à tous, et que ce n'était pas un canapé défraîchi qui aurait pu attenter à l'unité des *Nymphéas*. Le peintre semblait en avoir tiré des leçons pour lui-même, car il avait revêtu, sur son costume impeccable, un gros gilet à poches comme en portent les artistes, qui donnait à son allure un mélange inédit d'élégance et de rusticité. Il prit un long pinceau, et une nouvelle palette, qui semblait l'attendre, déjà prête, sur une tablette à la gauche du canapé. Et il s'avança vers l'un des grands panneaux, armes à la main. La palette

était immense ! Peut-être trois fois la taille de celle que je l'avais vu employer pour le pont japonais. À travail de géant, outils de géant, me disai-je lorsque Monet se mit à me parler :
« J'ai commencé ce travail après la mort de ma chère Alice, qui m'a quitté en 1911. C'était au mois de mai, comme maintenant. Après le malheur de ma vie, et après ma maladie, j'avais cessé de peindre. Depuis les vues de Venise, montrées chez Bernheim, qui m'avait toujours soutenu depuis qu'avec mes camarades on nous avait si violemment baptisés impressionnistes, je n'avais rien fait ; j'avais eu un commencement de cataracte, un voile menaçant qui sans augmenter, a subsisté. Dans mon deuil, c'est mon vieil ami Clemenceau qui m'a remonté ; je lui ai parlé de cette espèce de décoration que j'aurais aimé poursuivre en d'autres temps, il m'a dit : "C'est superbe, votre projet ! Vous pouvez encore le faire, faites-le !" Et je l'ai fait. Vous allez voir ça… toutes les "séries" ne sont pas finies, tant s'en faut ; je peins le jour, je peins même la nuit, puisque j'en rêve ; mais je ne vois pas mes défauts ; quand j'arrive le matin, ils me sautent aux yeux et je me désole. »
Dans l'atelier vaste comme la scène vide d'un théâtre, l'artiste, devenu manœuvre, fit mouvoir les lourds chevalets à roulettes sur lesquels étaient placés, presque au ras du sol, les panneaux en longueur.
« Ce que vous avez vu n'est pas tout, me dit-il… » Et il se mit, comme en un jeu de construction pour titans, à

renouveler une par une les parois fabuleuses où il m'avait enfermé. Pris dans ce délectable piège, je me sentais devenir une espèce d'être amphibie qui, du fond de son domaine aquatique, assiste à la ronde des heures et des saisons. Au mordoré du premier cycle avait succédé, après plusieurs rotations, le bleu profond de la nuit. Comme je lui faisais remarquer que cet ensemble admirable me paraissait achevé, et que je ne voyais pas ce qui retardait leur installation, Monet rentra dans une grande fureur ! « Achevé ! Vous ne comprenez décidément rien ! La difficulté, cher Monsieur, je la vois ; car je lègue mes quatre meilleures séries à l'État français, lequel n'en fera rien !
– Aussi, comment avez-vous pris cette résolution téméraire ?
– Parce que cela m'ennuyait de penser que toute mon œuvre quitterait mon pays. Malgré l'insistance des marchands, je fais ce don, en spécifiant bien mes conditions : n'est-ce pas un peu mon droit ! Il me faut un emplacement situé dans Paris même (sans cela, pourquoi pas aux abattoirs ?), un emplacement dont j'indique la forme arrondie, assez particulière (sans cela, pourquoi pas dans un cirque ? on n'attendrait plus que Monsieur Loyal avec son fouet). »
Monet, je le savais, avait donné ses œuvres à la Nation le lendemain de l'armistice. À celui qui l'avait convaincu de continuer, à l'ami qui l'avait ressuscité d'entre les morts, à Georges Clemenceau, il rendait ainsi son présent :

« Vous nous avez donné la paix, je vous offre le paysage, à vous qui êtes la Nation faite homme. »
« J'avais terminé deux panneaux décoratifs que je voulais signer du jour de la Victoire », me dit Monet, « et je voulais les offrir à l'État. C'est peu de chose, mais c'est la seule manière que j'aie eu de prendre part à la Victoire. J'ai toujours gardé en tête ce mot sublime et terrible de Delacroix, parlant de *La liberté guidant le Peuple* : "Si je n'ai pas vaincu pour la Patrie au moins peindrais-je pour elle." Voilà, mes *Nymphéas*, c'est ma barricade à moi. »
Cependant, depuis que le Tigre l'avait convaincu de donner non pas deux toiles, mais l'ensemble des huit panneaux qui constituaient ce que l'artiste appelait ses « grandes décorations », c'était comme si Monet cherchait à différer le moment de la séparation. « J'ai failli arrêter plusieurs fois, voyez-vous. Mais chaque fois Clemenceau m'a rattrapé par le collet, comme un garnement. Ah dans ces moments-là il m'appelle "mon frère enragé", et même "mon vieux maboul" ! » me dit Monet avec un air réjoui. Il m'a une fois écrit une sorte de conte philosophique pour m'encourager. Ça s'appelait *L'Histoire merveilleuse d'un aveugle qui ne voulait pas se laisser ouvrir les yeux*. C'était épatant ! Il n'y a que lui qui sache moquer mes cris de sauvage quand il le faut. Et panser mes plaies quand elles saignent trop fort. »
En reculant pour tenter de saisir d'un seul regard la plus grande part possible de cette frise nocturne où perlaient quelques touches d'un rose qu'on y avait comme écrasé,

je butais contre une table basse que je n'avais pas remarquée en entrant car elle m'était alors cachée par le canapé. C'était un grand panneau de bois rectangulaire posé sur des tréteaux. Le plateau en était couvert de papiers en désordre, de boîtes de toutes tailles, et d'une sorte de lampion japonais dont je me plus à imaginer que le maître l'utilisait lors de ses visites nocturnes en ce lieu. Mais comme mon œil était attiré par un pot de peinture ouvert, contenant un jaune éclatant, que l'on avait rangé sous la table, sans doute pour éviter qu'un visiteur maladroit vienne y mettre le pied, je vis, occupant la quasi totalité de l'espace entre sol et plateau, ce que je pris d'abord pour un amas de chiffons. C'était en réalité des toiles peintes, que l'on avait ôtées de leurs châssis et qui étaient pliées en tas, sans la moindre précaution. « J'ai demandé au jardinier de les brûler », me dit Monet sans autre forme de commentaire.

Je m'assis sur le canapé et, comme j'occupais la place qui était d'ordinaire celle de l'œil du maître, c'est-à-dire du peintre tout entier, le spectacle put commencer. Et quel spectacle ! un jardin d'eau hanté de fleurs et de feuillages, miroir mouvant ou ciel, on ne sait, où l'être devenu pure sensibilité accède à la sensation. Toutes les énergies du ciel et de la terre, toutes les heures qui ont fait de cet homme-là le peintre, venaient comparaître simultanément devant moi pour mon indicible stupéfaction. C'était un champ de bataille où la vie même livre combat : volupté de la lutte, union extatique du soleil et de l'eau. Nous sommes là, me disais-je, dans cette concentration de tous les temps, de tous les éléments, et c'est notre aspiration vers l'infini que l'artiste apaise par le miracle de ses brosses. Reflets, se dit-on, mais de quoi, dans ce monde où l'air a été transformé en eau ? Oui, décidément, c'est poisson qu'il faut être pour savoir regarder cela. Quel autre œil, en effet, que celui qui sait vivre dans l'eau, pourrait saisir ces nuances de vert parfois clair et tantôt sombre, presque noir, et les pourpres et les jaunes, et le rose qui vient se dilater comme l'iris dans l'obscurité du bleu.

« C'en est presque humiliant pour moi », dis-je alors au peintre. « Nous ne voyons pas du tout les choses de la même façon. J'ouvre les yeux et je vois des formes, des nuances de colorations, que je tiens jusqu'à preuve du contraire pour l'aspect passager des choses comme elles sont. Mon œil s'arrête à la surface réfléchissante et ne va pas plus loin. Avec vous, c'est une autre affaire. L'acier de votre rayon visuel brise l'écorce des apparences, et vous pénétrez la substance profonde pour la décomposer en des véhicules de lumières que vous recomposez au pinceau, afin de rétablir subtilement, au plus près de sa vigueur, sur nos surfaces rétiniennes l'effet des sensations. Et tandis qu'en regardant un arbre, je ne vois rien qu'un arbre, vous, les yeux mi-clos, vous pensez : « Combien de tons de combien de couleurs aux transitions lumineuses de cette simple tige ? » Sur quoi, vous voilà désagrégeant toutes valeurs pour reconstituer et développer, à notre intention, l'harmonie finale de l'ensemble. Et vous vous tourmentez, à la recherche de la pénétrante analyse qui vous donnera la meilleure approximation de la synthèse interprétative. Et vous doutez de vous-même, sans vouloir comprendre que vous êtes lancé en projectile dans la direction de l'infini, et qu'il doit vous suffire d'approcher du but que vous n'atteindrez jamais complètement. »

« Vous ne pouvez pas savoir, me répondit Monet, combien tout ce que vous venez de dire est véritable. C'est la hantise, la joie, le tourment de mes journées. À ce point qu'un jour, me trouvant au chevet d'une morte qui m'avait été et m'était toujours très chère, je me surpris, les yeux fixés sur la tempe tragique, dans l'acte de chercher machinalement la succession, l'appropriation des dégradations de coloris que la mort venait d'imposer au visage immobile. Des tons de bleu, de jaune, de gris, que sais-je ? Voilà où j'en étais venu. Bien naturel le désir de reproduire la dernière image de celle qui allait nous quitter pour toujours. Mais avant même que s'offrit l'idée de fixer des traits auxquels j'étais si profondément attaché, voilà que l'automatisme organique frémit d'abord aux chocs de la couleur, et que les réflexes m'engagent, en dépit de moi-même, dans une opération d'inconscience où se reprend le cours quotidien de ma vie. Ainsi de la bête qui tourne sa meule. Plaignez-moi, mon ami. »

Sans plus parler, Monet me désigna du doigt un tableau que j'avais pris d'abord pour une variation hivernale sur le bassin aux nymphéas, une version verticale d'un des *Reflets de Saule* que j'avais admiré l'instant d'avant, dans la boucle des grands panneaux. Ce tableau, le seul qui fut de format modeste dans ce lieu où tout était gigantesque, était posé à l'écart, contre un mur, et je l'avais aperçu sans y faire attention entre deux grandes décorations qui se côtoyaient sans se toucher bord à bord. Pour le regarder, Monet me fit sortir du cercle. Et, par un de ses phénomènes d'accoutumance rétinienne auxquels j'étais désormais habitué, je vis ce dont il me parlait. Ce que j'avais pris pour un jeu de reflets dans l'eau, une étude des sensations que l'on a, l'hiver, face à un étang gelé et recouvert de neige, était en réalité le portrait d'une morte. C'était Camille, je le compris, la première femme de Monet, et ce tableau était une débâcle : morceau de glace hivernale qui, en se détachant, avait tout brisé sur son passage.

L'artiste ne disait plus rien, me laissant là, à contempler son remord : son Ophélie figée dans la glace du bassin. Je comprenais maintenant pourquoi il venait de m'appeler son « ami », et je le plaignais.

Je m'éloignais comme un voleur, pressé de réintégrer le centre de l'atelier qui me parut soudain être un paisible aquarium propice à la contemplation. Mais, en repassant entre les deux grands panneaux qui formaient, vus du revers, une porte monumentale, je fus arrêté par une photographie qui était épinglée au dos de celui de droite. C'était manifestement l'un de ces clichés que l'artiste s'était plu à faire lui-même. Mais ce qui n'aurait pu être qu'une banale image de l'étang aux nymphéas, dont l'existence même ne semblait pas se justifier, en comparaison avec la splendeur de l'œuvre au dos de laquelle elle était épinglée, trouvait sa raison d'être dans un détail d'abord à peine visible. C'était lui-même, ou plutôt son ombre, que Monet avait capté dans le miroir de l'étang, comme si, en affleurant tel un reflet noir sur la surface lisse du bassin, il pouvait en briser le plan, afin qu'y pénètre l'infini. L'ombre ! Bien sûr l'ombre ! Voilà ce que cherche Monet… La lumière retournée comme un gant par le miroir de l'eau. Cette photographie, minuscule et dérisoire, était une banderille plantée dans le flanc de sa peinture : un rappel à l'ordre que l'artiste s'imposait. Ci-gît Monet, l'homme que la peinture a enchaîné comme la bête à sa meule. Cet autoportrait, cette ombre de l'instant qu'il aurait tant voulu saisir le pinceau à la main, c'était le second panneau d'un diptyque dont *Camille sur son lit de mort* était le premier volet. Comme une façon d'avouer à celle qui lui était toujours chère, par-delà la mort, que non, la peinture ne lui permettait pas de tout saisir, ne lui permettait pas de tout voler. Et cet aveu était fiché au dos des *Nymphéas*, ce jardin d'eau construit sur le site d'un abattoir, cette ruine transformée en paysage.

Lorsque le peintre m'entraîna à sa suite hors de l'atelier, en direction de la maison, j'eus le sentiment de courir derrière un fuyard. Je me trompais. Je le suivis dans l'entrée, je le suivis dans l'escalier qui était aussi raide qu'une échelle de meunier ; je le suivis sans rien dire, ne sachant où il m'emmenait. « Venez voir, ils sont tous là. » Nous étions dans sa chambre. Et en effet, ils étaient tous là : tous ses morts, Cézanne, Sisley, Pissarro, Boudin, Jongkind, Morisot, Caillebotte, et son cher Renoir. C'était là qu'il dormait et c'était là qu'il gardait, au plus près de lui, à la manière des anciens pharaons qui se faisaient enterrer avec leurs trésors, les tableaux peints par ses amis. « C'est là que je les garde, me dit-il, comme ça ils sont avec moi, quand mes nymphéas viennent me hanter, la nuit. »

Le soir, après un dîner assez silencieux dans la salle à manger jaune, Monet me dit : « Ce soir, vous dormirez ici. Blanche vous a fait préparer la chambre de Jean. Ne vous inquiétez pas, on est allé récupérer vos affaires à l'auberge. Je vous dis adieu, jeune homme. Demain, je reçois la visite de mon marchand, et ce vieux Durand aime que nous soyons seuls, lorsqu'il découvre les derniers tableaux.
Au fait, si vous écrivez votre texte, inutile de me l'envoyer : les peintres doivent se préserver de ce que l'on dit d'eux. Eh puis d'ailleurs, j'avais oublié de vous le dire… j'ai fait vérifier par Blanche quand vous m'avez envoyé votre lettre. Cette revue, le *Mensuel littéraire*, c'est bien ça ? Elle n'existe pas, n'est-ce pas ? »

Je me souviens que l'horloge qui était sur la cheminée de la chambre indiquait qu'il était une heure et quart du matin lorsque, après avoir cherché le sommeil en vain, je me mis à relire, pour la première fois depuis que je l'avais reçue, la lettre que mon père m'avait adressée, un mois auparavant. La lettre qui avait tout déclenché.

« Mon fils,

Quand tu liras cette lettre, ton père ne sera peut-être plus de ce monde. Cette maladie que l'on nomme la vieillesse et qui s'est emparée de moi depuis si longtemps déjà a fini par triompher. Je suis vieux Stefan, si vieux que chacun de mes os usés sent le poids du temps écoulé. Nous ne nous reverrons pas, mon chéri, mais je suis heureux de te savoir en France, là où je voulais que tu sois, dans notre seconde patrie. Heureux que tu aies pris la décision de rester à Paris, malgré le décès de mon frère. Tu étais encore un enfant, Stefan, quand je t'ai envoyé auprès de Maurice, et je ne t'avais pas expliqué mes raisons, mais maintenant tu es adulte, et le siècle t'a expliqué mieux que moi ma décision. Tu sais Stefan, quand j'ai vu que nos voisins, les Lew, rue Grzybowska, étaient partis rejoindre leurs cousins en Amérique, et quand on a appris en 1905 qu'en Allemagne, ils fichaient les tziganes, j'ai compris. Tout ça allait recommencer. Alors je t'ai fait partir, et j'ai gardé ton frère, qui était trop fragile, et que sa mère qui le couvait ne voulait pas

laisser. Aujourd'hui, mon fils, je suis heureux, parce que tu es loin, et que le monde qui s'annonce chez nous n'est pas un beau monde, non vraiment pas. Dieu merci, ni toi ni moi ne verrons cela. Toi parce que tu es loin, et moi parce que je serai mort. Quant à ta pauvre mère, la tuberculose l'a dieu merci emportée juste avant que ces fichus Allemands ne viennent de nouveau parader dans la chère Posnanie de son enfance. La "germanisation", comme ils disaient, comme si notre pauvre patrie n'était bonne qu'à être découpée en confettis au profit du Reich et de l'Empire.
Avec cette lettre, Stefan, tu as du trouver un manuscrit de quelques feuillets, où tu as certainement reconnu l'écriture de ton grand-père. Ces quelques feuilles, qu'il m'a données avant de mourir et qui sont désormais à toi, c'est la seule chose qu'il ait rapportée de « là-bas », comme il le disait de ce lieu dont il ne pouvait prononcer le nom. Lis-les, Stefan, lis-les attentivement. Ce texte, ce sont les seuls mots qu'il ait réussi à rassembler pour nommer la steppe. Les seuls mots qu'il ait pu écrire. Lis-le, tu verras, il y parle du paysage, mais c'est le paysage qu'il a vu, c'est ce qu'il a vécu, et, même si ces mots me paraissent terriblement ironiques, ce dont il était revenu. C'est son histoire, ces bouts de papier pliés comme s'ils avaient été repassés, c'est son histoire au sein de la terrible et grande histoire. Ton grand-père est revenu broyé, tu le sais, même si nous n'en avons jamais parlé, comme tu sais sans doute que les moments passés avec toi, à

te montrer les arbres et à te donner le nom des fleurs, dans son jardin d'Otwock, étaient pour lui des îlots de bonheur simple. Les plantes le rassuraient, et les mots qu'il avait su garder pour dire ce paysage le consolaient des mots perdus quelque part au fin fond de la steppe. Il gardait ce texte dans le tiroir de sa table de chevet, et je crois que certaines nuits, lui qui dormait si mal, il le sortait dans l'espoir perpétuellement vain de continuer. Mais il n'a jamais pu, et je n'ai pas su, pas pu non plus. Il me l'avait demandé, mais cela m'est impossible : je ne peux pas mettre mes mots dans les mots de mon père. Je suis son fils, je ne peux pas être sa main. Toi, Stefan, je sais que tu réussiras, tu es le petit-fils, il t'a légué son paysage, et son silence. C'est cela qu'il faut, pour continuer. Tu dois faire cela, mon fils, tu dois écrire cette histoire, tu dois raconter ce qui s'est vraiment passé là-bas.

Va voir mon ami Monet, il t'aidera. Lui il sait. À Sandviken, il pouvait faire naître un monde à partir de la neige. Je me souviens, je me tenais un peu derrière lui, quand il peignait, et ce que je voyais blanc, lui le peignait comme un feu d'artifice de couleurs. C'était merveilleux, mon fils, nous étions en Norvège, mais lui voyait le Japon, et quand il nous en parlait, on aurait juré qu'il y était allé. Ah, Monet, ce n'était pas un homme que l'on pouvait enfermer ! Avec lui, même les murs se mettaient à ressembler à des chemins fleuris. Oui, il saura, et il accueillera le fils de son vieil ami comme s'il s'agissait du sien, j'en suis sûr.

Stefan, Monet, il a une vision. Il te montrera.
Je suis si fatigué, mon petit Stefek. Si fatigué mais si content de savoir que bientôt, ce texte qui fut mon fardeau, va, entre tes mains, devenir un trésor. Avant cela, il me faut te dire une dernière chose. Quand tu liras les mots de mon père, sans doute seras-tu surpris d'y découvrir mon prénom : Mendel. C'est bien moi, ce petit garçon-là. Pardonne-moi, je n'ai jamais pu te le dire. Sans doute te souviens-tu qu'à tes questions d'enfant curieux de tout, tu n'as souvent obtenu que des réponses floues, notamment lorsque, en grandissant, tu as commencé à comprendre les notions de temps, et que tu as voulu savoir quand ton grand-père avait été déporté. J'avais huit ans, Stefan, quand nous sommes montés dans ce train. Et je n'ai jamais pu te le dire. Tu étais l'enfant qui demande pourquoi. Mais à cela, à ce que nous avons vécu, il n'y avait pas de pourquoi. Sur le comment, ce texte, je crois, t'éclairera.
Je t'embrasse, mon fils, et, comme nous le disions le soir avant de nous coucher, lorsque tu étais enfant, *no to pa*.
Papa. »

Alors, pour la première fois, parce que, sans trop savoir pourquoi, il m'avait semblé que je ne pouvais lire le texte de mon grand-père dans nul autre endroit, de peur que cela ne marche pas, je me mis à déplier les feuillets usés où je reconnaissais l'écriture si torturée que j'avais vu tant de fois sur les petites étiquettes qui étaient attachées aux tuteurs, dans le jardin d'Otwock. Ainsi, dans ce lit inconnu qui avait autrefois accueilli le fils de Claude Monet, je me mis à déchiffrer, traduisant mentalement ces mots comme pour les faire rentrer, avec moi, au sein de notre « seconde patrie ».

Le texte commençait de façon abrupte, comme si le début en avait été perdu : « Je ne raconterai pas tous les détails de notre voyage de trois semaines dans ce wagon à bestiaux, au milieu de gens qui nous haïssaient et qui voyaient en moi un ennemi dangereux. Bien que je fusse comme eux, plongé dans une misère extrême, un extrême abandon, pas une seule personne n'essaya de vérifier ces racontars, de me parler de ces soupçons, personne ne voulait comprendre que j'étais un prisonnier comme les autres.

Il y avait dans le wagon des représentants de toutes les couches de la société. À commencer par une paysanne, petite fermière des abords de la ville où elle portait tous les jours du lait de ses vaches. Ensuite, il y avait des femmes d'agents de police, l'épicier Kierski, le lieutenant que j'ai déjà mentionné, jusqu'à l'épouse du président de la ville, et la femme du colonel Wencel avec son fils. Je ne savais pas alors que dans le train qui nous suivait se trouvait entre autres le comte Bielski, propriétaire de l'hôtel particulier où siégeait à Lvov l'Association des Écrivains. Et le comte Tarnowski, son ami, venu lui rendre visite de Krynica avant l'arrivée des Russes ;

bloqué à Lvov, au lieu de rentrer à Cracovie, il était en route pour le Kazakhstan.
Ce que je subissais dans ce wagon à bestiaux, c'était la torture du temps qui pèse, de la faim et, plus atroce encore, celle de la malveillance humaine, des soupçons horribles, avec en plus un antisémitisme répugnant sur ce fond de malheur et de solitude. Parmi ces soixante personnes, mes compatriotes, je me sentais totalement seul, abandonné par Dieu et par les hommes, perdu dans un immense désert. C'était pire que la mort, cette perspective de la souffrance, de l'isolement complet, de ma responsabilité envers mon enfant qui serait perdu sans moi.
Tous ces gens dont la majorité s'attendait à la déportation, s'étaient munis de grandes quantités de vêtements et surtout de nourriture : des jarres de graisse, des sacs de biscottes, des fruits secs, du sucre, etc. Tandis que moi, réfugié de Varsovie avec mon petit baluchon, je ne possédais rien. Pendant ce trajet dans le wagon à bestiaux, nous étions nourris exclusivement la nuit – c'est-à-dire que l'on apportait un seau de soupe au goût de lavasse et pour chacun une portion de pain argileux. Mendel et moi, étions condamnés exclusivement à ces aliments. Mendel, réveillé au milieu de la nuit, ne voulait pas manger, il était encore « l'enfant gâté », non adapté à ces conditions ; et, le jour, il n'arrivait pas à avaler cette lavasse froide. Les autres avaient des réchauds à alcool mais ils ne me laissaient pas en profiter pour réchauffer

notre soupe. La situation devenait vraiment tragique, je voyais Mendel dépérir. Aucun geste humain, aucun réflexe de charité chrétienne.
Après trois semaines de ce cauchemar, on nous fit descendre à un petit arrêt dans la steppe : Jangiz-Tobe. Des cases en terre battue, je vis sortir des hommes barbus et enturbannés, des femmes en guenilles. Pour la première fois de ma vie, je rencontrais des « Barbares ». Et pour la première fois également, ces prétendus Barbares m'apparurent dans une pleine lumière de bonté, de charité et de compassion. Quel contraste avec les « Européens » qui furent mes compagnons de voyage. Je dois ajouter que parmi les Polonais entassés dans le wagon, l'hostilité régnait, et pas seulement à mon égard. Après quelques jours de voyage en commun, des querelles éclataient à propos de n'importe quoi, parfois entre les membres d'une même famille. Le mince vernis de culture s'effrite avec une rapidité incroyable. Devant le spectre de la famine, les gens devenaient vigilants, tendus, cruels ; on avait l'impression, à certains moments, qu'ils allaient se sauter à la gorge.

Le lendemain de notre arrivée, on nous fit monter dans des chariots traînés par des bœufs. Ainsi commença notre cheminement à travers les steppes sans fin. Trois jours après, seulement, nous parvînmes à l'endroit qui nous était assigné. La baraque que nous devions habiter désormais, était construite en pleine steppe, avec quelques cabanes de Kazakhs autour. C'est là qu'il nous fallait vivre et travailler, selon les paroles de notre chef. Là, dans la steppe sans fin.

Tel fut donc le début de notre nouvelle vie. Le lendemain apparut le « chef » qui annonça "*Kto nie rabotaïet, tot nie kouchaïet*" (Qui ne travaille pas, ne mange pas). Il ajouta que les poils lui pousseraient dans la main et qu'il se mettrait à croire en Dieu si jamais nous rentrions un jour en Pologne. Et il nous expédia dehors pour nous faire travailler. Et quel travail ! À l'aide d'une grosse pelle vieille et très lourde, il fallait découper des carrés dans une couche de bouse, entassée depuis des années et dure comme de la pierre. On les faisait ensuite sécher au soleil pour qu'ils puissent servir de combustible. Un combustible excellent, un feu merveilleux près duquel je me suis chauffé ensuite en hiver, dans la hutte de mes hôtes, où j'ai grillé mes galettes et fait fondre la neige. Ce travail était très dur pour nous. Mes souliers de ville furent bientôt en loques.

Je n'arrive pas aujourd'hui à comprendre où je trouvais des forces pour continuer. Ce qui nous soutenait, c'était l'espoir de recevoir du pain. Nous nous attendions à être nourris. Mais dès le premier jour, on nous apprit qu'il n'en était pas question ; nous devions nous procurer de quoi manger par nos propres moyens – et justement nos vêtements devaient en être le prix. J'échangeais donc une chemise contre un peu de grains et un peu de lait qu'une femme kazakhe me fournit quotidiennement, pendant un certain temps. Ce qui se passa ensuite tient du miracle. Dans la steppe, il y avait des champs où l'on cultivait du seigle ; en y travaillant, nous dérobions des grains. Et puis, j'avais ce trésor : la vieille boîte de conserve, où je broyais le grain pour avoir, le soir, un peu de farine. Un morceau de fer, un bout de tôle et trois briques que j'avais trouvés suffirent pour construire un foyer devant la baraque. Ces briques, appelées des « samanes », sont deux fois plus lourdes que chez nous. Plus tard, je les fabriquais moi-même, c'était l'une de mes tâches principales en déportation. Sous le foyer, je plaçais des bouses de vache séchées, que je ramassais avec Mendel.

Je n'ai pas encore parlé de la vie de nos enfants à Ivanovka, là où s'étendaient les "steppes de la faim". Ils étaient absolument abandonnés, sans aucune surveillance, on forçait les adultes à partir au travail dès l'aube. Nous ne pouvions pas compter sur les vieux : dans ces conditions si dures, il devenaient de plus en plus incapables et c'étaient eux qui avaient besoin de secours. Les enfants avaient faim. Ils rêvaient de pain, de pommes de terre, choses inaccessibles. Souvent, le soir, les gens, dans la baraque, évoquaient les festins d'autrefois. On échangeait des recettes pour des plats de viande, des sauces et de gâteaux. Mendel insistait pour que j'inscrive tout cela ; et je suis rentré en Pologne avec un riche répertoire culinaire. D'autres hommes faisaient la même chose. Il me semble que d'une certaine

manière, on se rassasiait de ces plats sortis du rêve et de la mémoire ; les enfants étaient heureux, sûrs que bientôt on mangerait à nouveau ces plats somptueux et qu'on n'aurait plus faim.
Aujourd'hui encore, je garde en mémoire les horizons enflammés au couchant, cette incroyable palette de couleurs que l'on ne verrait jamais au-dessus de Varsovie. Des violets, noyés de roses, passaient ensuite au doré et plus tard devenaient d'un bleu de plus en plus foncé. Et quand le ciel était indigo, les étoiles commençaient à étinceler, leur scintillement à lui seul semblait troubler ce mélodieux silence de la steppe. Je ne pouvais résister à la beauté qui m'entourait, qui m'absorbait au point que j'oubliais pour un moment nos conditions d'existence.
Sous la coupole du ciel étoilé, les huttes de Kazakhs étaient là, accroupies, silencieuses, leurs petites fenêtres éteintes ; et dès la première nuit de veille, je sentis que ces gens, tellement étrangers, maintenant profondément endormis, qui respiraient ou rêvaient peut-être, m'étaient devenus tout à coup tellement proches, pareils à nous autres venus de la Pologne. Il m'est difficile de l'exprimer, mais justement, à travers leur sommeil, je pénétrais dans leur vie, dans leur souffrance, dans leur sort si injuste, si dur, infligé par le Tsar.
Puisque je parle de ces nuits dans la steppe, je vais en évoquer une, passée loin de notre baraque, à quelques dizaines de kilomètres de celle-ci d'où on nous avait

emmenés comme du bétail, pour faucher du foin. On nous avait casés là-bas sous des tentes tressées en osier, en forme de cônes.
Je me rappelle qu'une nuit de pleine lune, je suis sorti sans bruit. Et j'ai vu un groupe de bœufs immobiles. J'ai senti alors que cette nuit dans la steppe lointaine, que le ciel et la lune, les herbes et le silence, tout cela leur appartenait, que c'était leur monde, que c'étaient eux qui savaient, eux qui étaient initiés, car ce monde alentour était leur royaume. Moi je n'y étais qu'un intrus, plus faible que le plus fragile des roseaux. Il y avait quelque chose de sacré dans cette vision. J'avais l'impression que le vent de la steppe, ce vent silencieux qui soufflait dans cette nuit d'été, apportait l'écho d'existences lointaines, très, très reculées. Ce sombre bloc d'animaux, immobile, puissant, laissa en moi l'image de quelque chose de perdu, d'un regret, d'une nostalgie, comme peut-être l'auraient ressenti Adam et Ève chassés du Paradis. »

Ayant achevé ma lecture, je repliai les feuillets et, en un geste machinal, je les rangeai dans le tiroir de la table de chevet, à la gauche de mon lit. Ensuite, comme un somnambule mû par une force inconnue, je sortis de la chambre, et me retrouvai dehors. Après avoir parcouru la grande allée, j'entrai dans le jardin d'eau. C'était une de ces nuits de mai où la lune à son premier quartier n'éclaire que faiblement, comme si la froideur de l'hiver finissant avait laissé engourdi son rayonnement. Continuant tout droit, je m'avançai jusqu'au pont japonais, que je gravis jusqu'à ce que j'aie atteint son milieu. Là, je m'arrêtai net. J'étais arrivé. Sous mes pieds, j'entendais l'écoulement lent de l'eau auquel répondait, dans les airs, le balancement léger d'un saule pleureur. J'étais maintenant accoudé à la balustrade du pont, les yeux noyés dans le miroir noir du bassin. Noir, ou plutôt bleu. D'un bleu très sombre qui me parut familier. Tout dormait, l'eau et les plantes, et même les nymphéas, qui, en cette saison, viennent juste d'ouvrir leurs feuilles, semblaient comme enroulés sur eux-mêmes pour la nuit. Je sentis monter en moi un sentiment que je pris d'abord pour de la colère, mais qui était autre chose, et se localisait physiquement dans ma poitrine et dans mon ventre, par un spasme lancinant. C'était comme avoir faim, me dis-je, mais je n'avais nulle raison d'avoir faim, le repas ayant été, comme attendu, aussi raffiné qu'abondant. Alors qu'était-ce, cette sensation de manque qui accaparait maintenant tout mon être ? C'est en me surprenant moi-même en train de tenter, tel un désespéré, de trouver où pouvait bien se nicher le rose dans ce bleu nuit, que je compris. C'était bien de la faim, que j'éprouvais violemment, mais en guise d'aliments, c'était de couleurs que j'étais frustré. Et c'était Monet, l'ogre dans son cercle magique, qui m'avait ouvert l'appétit, à jamais. Je m'étais levé pour ça ! Comme lorsque j'étais enfant et que, pensant que les adultes dormaient, je descendais l'escalier, à Otwock, pour dérober du fromage dans le garde-manger. Je cherchais du rose, et je ne trouvais que du bleu, je cherchais un jardin aquatique et fécond comme la palette du maître, et je tombais sur une surface aussi sombre, aussi aride, aussi stérile que la steppe de la faim. Un moment, je crus voir quelque chose bouger à la surface de l'eau. Mais non, ce n'était que mon ombre qui s'inscrivait pour un instant sur l'étang. Mon ombre ? La lune, que j'avais cru faible, mais qui était en réalité masquée par un nuage, était désormais découverte, et c'est le monde qui en était modifié. Là où je voyais bleu il y a encore un instant, je devinais maintenant du vert, et même un peu de mauve qui fut pour moi comme la promesse d'un rose à venir. Le bassin n'est pas une surface, pas plus que les *Nymphéas* ne sont des images plates, me dis-je comme si je récitais là quelque catéchisme. C'est un réservoir profond, où les couleurs viennent se cacher pour la nuit avant de ressortir plus forte, au soleil levant. Alors, je sus que le lendemain matin, la steppe serait redevenue jardin. Un jardin dont je saurais raconter l'histoire, fleur par fleur.

ANNEXES

CAHIER
ICONOGRAPHIQUE

L'ATELIER DE L'AUTEUR

INDICATIONS
BIBLIOGRAPHIQUES

CHRONOLOGIE
DE L'ARTISTE

PETIT DICTIONNAIRE
DES PERSONNAGES CITÉS

***Claude Monet dans sa salle à manger,* vers 1915. Photographie anonyme. Collection Philippe Piguet.**

Monet dans sa salle à manger, c'est l'artiste dans son œuvre. Ici, tout, meubles, couleur des murs, estampes japonaises, a été choisi et agencé par lui. Il faut imaginer, devant cette image en noir et blanc, le jaune, étonnamment moderne pour l'époque, qui illumine la pièce. On comprend le choc de Bergholz quand il entre dans cette pièce (c'est sa première entrée dans la maison). Dans cette photographie comme dans bien d'autres, Monet fixe crânement l'objectif. C'est la puissance qui se dégage de ce corps d'ogre dans un lieu central de sa maison. Après la peinture et le jardinage, la cuisine était sa troisième passion.

Après son retour d'Angleterre, en 1871, Monet s'installe à Argenteuil, avec sa femme, Camille, et son fils Jean, né en 1867. Il prend alors souvent la vie familiale comme sujet de sa peinture. C'est Jean, qui apparaît au cœur de cette toile faite en 1875, dans la seconde maison habitée par la famille à Argenteuil. La composition, très théâtrale, fonctionne comme un rideau s'ouvrant sur une scène, laissant apparaître un enfant. Cette scène intimiste, où l'on croit deviner la silhouette de Camille, dans la pénombre, à gauche, adopte un schéma que l'on va retrouver souvent chez Monet, jusque dans des représentations tardives du pont japonais, où des arceaux fleuris du Clos Normand. Sorte de tunnel de couleur, qui engendre chez Bergholz une terreur nocturne.

***Un coin d'appartement*, 1875. Huile sur toile, 81,5 x 60,5 cm. Paris, musée d'Orsay**

***La Cabane du douanier*, 1882. Huile sur toile, 61 x 81,9 cm. New York, The Metropolitan Museum of Art.**

Ce tableau appartient à une série consacrée aux falaises, que l'artiste a exposée galerie Georges Petit, en 1898. Exposition dont Bergholz lit le catalogue, dans sa chambre à l'Auberge du Roy. Sur un même motif, Monet a peint plusieurs variations, et toutes frappent par le point de vue adopté, qui semble faire littéralement corps avec le motif choisi. Ici, Monet ne se tient pas à distance pour voir, il est « dans » la falaise, afin d'en éprouver physiquement la matière. Tableau vertigineux, « comme un crépitement de peinture jetée au bord d'un gouffre », dit Bergholz.

***Caricature d'un chasseur et son chien dans un bateau*, 1858. Collection particulière.**

Monet n'a que 18 ans quand il fait cette caricature, qu'il signe encore de son premier prénom : Oscar. S'il a commencé, comme beaucoup d'enfants, par « enguirlande[r] la marge de ses livres... en déformant le plus possible la face ou le profil de ses maîtres » comme il le raconte lui-même, ce jeu d'enfant deviendra bientôt sa première profession. C'est au vu de ces dessins, qu'il expose dans la vitrine d'un encadreur au Havre, que Boudin découvre en lui le peintre potentiel. Certes, il est difficile de retrouver le Monet que l'on connaît dans ce dessin, mais on notera que le motif du bateau, s'il n'abrite pas encore un atelier, mais un chasseur et son chien, est déjà là.

Édouard Manet, *La Barque*, 1874. Huile sur toile, 82,7 x 73 cm. Munich, Neue Pinakothek.

Le critique François Thiébault-Sisson, auquel Monet avait accordé un long entretien en 1900, qui fournit l'essentiel de la matière du monologue dans la cuisine, rapportera en janvier 1927 les souvenirs de Monet au sujet de l'acquisition du bateau : « C'est dans cet atelier [sa maison d'Argenteuil], d'où je distinguais, à quarante ou cinquante pas de distance, tout ce qui se passait sur la Seine, que j'ai exécuté mes premières scènes nautiques d'Argenteuil, jusqu'à l'heure où une vente fructueuse fit tomber dans ma poche, d'un seul coup, assez d'argent pour m'acheter une barque et y faire établir une cabine en planches où j'avais assez de place pour installer mon chevalet. Que de belles heures j'ai passées avec Manet sur ce petit bateau ! Il y a fait mon portrait. J'y ai fait celui de sa femme et le sien. Ces beaux moments, avec leurs illusions, leur enthousiasme, leur ferveur, ne devraient jamais finir ».
Édouard Manet a peint Claude et Camille Monet dans l'atelier flottant en 1874.
En 1908, lors du voyage à Venise, Monet reprendra l'idée de l'atelier flottant, au moyen d'une gondole.

(Ci-contre) ***La Grenouillère*, 1869. Huile sur toile, 74,6 x 99,7 cm. New York, The Metropolitan Museum of Art.**

Rien ne laisse deviner, dans ce tableau, la misère morale et financière dans laquelle vit le peintre, dans ces années-là.
La Grenouillère, c'est sans doute le moment de plus intense proximité avec Renoir. C'est ce dernier qui fournit à Monet et sa famille les maigres restes de pain qui leur permet de subsister. Mais, surtout, ils peignent côte à côte, sur le même motif : cette gargote dans un endroit à la mode où les Parisiens viennent s'initier aux joies de la baignade et du canotage. Point de vue qui semble situé au sein même de l'eau, touche décomposée pour évoquer la mutabilité des éléments, prédilection pour les jeux de lumières et les reflets : c'est l'impressionnisme qui s'invente ici.

***Londres, le Parlement, trouée de soleil dans le brouillard*, 1904.**
Huile sur toile, 81 x 92 cm. Paris, musée d'Orsay.

Monet a séjourné plusieurs fois à Londres. Séjour forcé, en 1870, séjours volontaires, ensuite, pour peindre. Mais aussi, peut-on penser au vu du résultat, pour retrouver, par la peinture, le choc que lui a causé la découverte de l'œuvre de Turner, lors de son premier séjour. À Londres, en effet, le peintre conçoit une série sur un motif cher au peintre anglais : le Parlement. Mais là où, d'ordinaire, il avait l'habitude de terminer ses tableaux sur le motif, cette série fut finie dans son atelier de Giverny, de mémoire. Le résultat semble être né à la fois de la remémoration d'un lieu, et de celle d'un artiste qui, avant lui, avait fait de ce palais un motif digne d'être peint. Dans la couleur du soleil qui perce le « fog » londonien, Monet retrouve quelque chose de cet *Incendie du Parlement* que Turner peignit deux fois.

Si ce tableau ne fut pas peint sur une gondole, mais de la fenêtre de sa chambre, au Grand Hôtel Britannia, il ne donne pas moins l'impression d'avoir été fait du sein même du Grand Canal. Monet, qui déteste le tourisme, même s'il se fait photographier avec Alice sur la place Saint-Marc en train de nourrir les pigeons, comme en une maigre concession à son épouse, organise sa vie vénitienne sur un rythme de forçat. Toutes les deux heures, changement de motif, avec une brève interruption pour déjeuner. Dans le fond, Venise est la face urbaine d'un monde dont Giverny est la face campagnarde. Au début, le peintre est effrayé par la beauté du lieu : « Inrendable ! » Puis il ne quitte plus sa gondole aménagée en atelier. Comme il le dira à Bergholz : « Il m'a fallu faire ce dernier détour par Venise, pour aller jusqu'au bout. »

***Le Palais da Mula*, 1908. Huile sur toile, 62 x 81,1 cm. Washington, National Gallery of Art.**

***La Manneporte à d'Étretat*, 1886. Huile sur toile, 81,3 X 65,4 cm. New York, The Metropolitan Museum of Art.**

Pour Monet, on ne peint bien que ce que l'on connaît. « Il faut s'imprégner », dit-il. Quand il peint Étretat, c'est un mélange de souvenirs d'enfance sur la côte normande et de souvenirs de peinture (Courbet est passé ici avant lui) qui conduit ses pas. Il ira sept fois à Étretat, se mesurer à un peintre qu'il admire, et à une falaise qui est comme la plus monumentale des cathédrales. Dans cette œuvre de 1866, le point de vue adopté renforce si c'est possible la monumentalité de ce bloc calcaire. Cet arceau rose qui boit la lumière solaire lui inspire une toile dont tout l'équilibre réside dans les variations de couleurs et de textures entre ciel, mer et roche. D'un tableau l'autre, Monet change de point de vue. Bientôt, dans les séries, il gardera le même point de vue, pour mieux capter les changements de la lumière et du temps.

Monet fit une trentaine de toiles sur ce motif, dont vingt furent exposées chez Durand-Ruel en 1895. C'est à cette occasion que Clemenceau écrivit son article retentissant : « Révolution de cathédrales ». Rare série de Monet consacrée à un motif urbain, *Les Cathédrales* sont traitées comme une sorte de falaise de craie ravinée par le temps. Le peintre a choisi un point de vue délibérément contraignant, presque collé au motif, sans recul, comme pour mieux saisir les jeux de la lumière et de l'ombre dans les anfractuosités de la façade. La version qui est présentée ici appartenait à la collection d'Isaac de Camondo. S'il n'est pas certain que Stefan Bergholz vit son legs exposé au Louvre à partir de 1914, Marcel Proust, en revanche, qui avait vu l'exposition chez Durand-Ruel, voyait dans cette série, qu'il qualifiait de « nourriture céleste », un sommet dans l'art du peintre. La description de la cathédrale d'Amiens qu'il donne dans le *Contre Sainte-Beuve* est un hommage explicite à Monet : « bleue dans le brouillard, éblouissante au matin, ayant absorbé le soleil et grassement dorée l'après-midi, rose et déjà fraîchement nocturne au couchant, à n'importe laquelle de ces heures que ses cloches sonnent dans le ciel et que Claude Monet a fixées dans des toiles sublimes... »

***La Cathédrale de Rouen : Le Portail, soleil matinal. Harmonie bleue*, 1893. Huile sur toile, 91 x 63 cm. Paris, musée d'Orsay.**

Tout le Monet de Giverny est résumé dans cette photographie : le travail dans le jardin, l'absorption du peintre dans sa toile, et le ballet familial autour de lui, qui semble ne s'apercevoir de rien. Ce sont des photos comme celle-ci, où l'artiste est assis dans une étonnante chaise haute qui rappelle celles que l'on utilise pour asseoir les enfants à table, qui ont inspiré nombre des descriptions de notre récit. Comme l'écrit Bergholz : « Un gigantesque parasol blanc les protégeait, sa toile et lui, du soleil de mai. Ça aurait pu être pathétique, ce vieillard en chaise haute, et c'était magnifique. » La petite fille dont Bergholz ignore l'identité, est Nitia-Dominique Salerou, la fille de Germaine, à qui, de Venise, Alice adressa tant de lettres.

***Claude Monet en pleine séance de travail au bassin. À ses côtés, Blanche Hoschedé-Monet, et au premier plan Nitia-Dominique Salerou, Giverny, juillet 1915.* Photographie anonyme. Collection Philippe Piguet.**

***Le Mont Kolsaas, en Norvège*, 1895. Huile sur toile, 65,5 x 100 cm. Paris, musée d'Orsay.**

De la Norvège, Monet disait qu'elle lui rappelait le Japon (où il n'avait jamais été). Mais pour cet homme qui aimait à se prétendre un peu Viking, en raison de son enfance normande, ce voyage lointain ne correspondait pas vraiment à un besoin de dépaysement. À Sandviken et aux alentours, Monet cherche à peindre l'eau, et la neige, bien sûr, ces « effets de neige qui sont absolument stupéfiants, mais d'une difficulté inouïe à peindre ».

La série dédiée au Mont Kolsaas rappelle celle des *Meules*, dont certaines furent peintes avec effet de neige. C'est cette capacité à trouver dans le blanc de la neige le reflet coloré qui est la clef de tout, selon Stefan Bergholz : « Parce que chez vous le blanc de la neige et du froid n'était pas blanc, mais bleu, ocre, jaune, et rouge même ! Parce que sous vos yeux, au bout de vos doigts, tout devenait couleur. »

***Le Pont japonais, à Giverny*, 1918-1924. Huile sur toile, 89 x 100 cm. Paris, musée Marmottan.**

Monet a passé une grande part de sa vie à Giverny à façonner son jardin. En 1895, un pont en bois est installé et prend progressivement le nom de pont japonais, en raison de l'agencement du jardin, qui fait penser à un jardin oriental. Là où, au Japon, les ponts des jardins sont généralement rouges, celui-ci est peint en vert, de même que le mobilier de jardin et les volets de la maison, comme pour mieux se fondre dans la végétation. Le motif du pont donne lieu à de nombreuses toiles jusqu'à la fin de la vie du peintre. Celle-ci, peinte dans la période de la plus grande atteinte de la vue de Monet par la cataracte, peut sans doute, partiellement, s'expliquer par l'altération de la perception des couleurs dont souffre alors l'artiste. Néanmoins, ici, une gestualité particulièrement énergique, que l'on ne retrouve pas dans les *Nymphéas* de la même période, s'impose. Monet recherche un empâtement qui lui permettrait de rendre la matière même du monde telle qu'il la ressent. C'est pourquoi, devant les yeux ébahis de Bergholz, il caresse furtivement son tableau.

***L'Allée des rosiers*, vers 1920. Huile sur toile, 92 x 89 cm. Paris, musée Marmottan.**

Cette toile ressemble au *Pont japonais*, mais c'est l'allée centrale du Clos Normand, avec ses arceaux fleuris. Et cette ressemblance, loin d'être fortuite, dit bien ce que cherche Monet, qu'il peigne ou qu'il façonne son jardin conformément à sa vision. Recherche de la sensation, certes, éprouvée face au monde, mais aussi recherche d'une forme, ce « tunnel » que Bergholz repère partout dans le jardin, sous la forme d'un « tunnel de fleurs », et même dans le salon atelier, dont l'accrochage serré évoque pour lui un « tunnel de peinture ». Comme si, dans sa quête éperdue de la couleur, Monet cherchait à engendrer un espace qui soit une pure projection de sa palette dans les trois dimensions.

***Camille sur son lit de mort*, 1879. Huile sur toile, 90 x 68 cm. Paris, musée d'Orsay.**

Œuvre unique au sein de la production de Claude Monet, ce tableau, qu'il garda toujours dans son atelier, tel un remord, inspira au peintre sa lettre la plus déchirante, adressée à Georges Clemenceau. Une lettre qui est reprise dans la présente fiction, sous la forme de mots dits par le peintre à Bergholz, où il confesse qu'avant même « que s'offrit l'idée de fixer des traits auxquels j'étais si profondément attaché, voilà que l'automatisme organique frémit d'abord aux chocs de la couleur, et que les réflexes m'engagent, en dépit de moi-même, dans une opération d'inconscience où se reprend le cours quotidien de ma vie. » Mieux que n'importe quel discours, cette toile qui, bien que peinte en 1879, évoque irrésistiblement certains des derniers *Nymphéas*, dit la part tragique qui se cache dans la peinture de Monet, y compris lorsque celle-ci prend les apparences du paysage.

Les *Nymphéas*, du moins est-ce là l'intuition qui a présidé à l'écriture de ce texte, ont quelque chose d'une immense Vanité : comme le tombeau du temps. Peinture nocturne, donc, où la couleur tente d'émerger sur fond d'obscurité.

Ces *Grandes Décorations* ne sont pas seulement l'œuvre ultime d'un peintre, ils sont la condensation en un espace unique de tous les temps vécus. Ils sont la fin. Il faut revenir aux mots de Clemenceau – ceux-là même que j'ai mis dans la

***Nymphéas. Reflets de saule*, 1916-1919. Huile sur toile, 200 x 200 cm. Paris, musée Marmottan.**

C'est après avoir regardé ce tableau dans l'atelier, que Bergholz prend *Camille sur son lit de mort* pour l'une de ses variantes. De fait, comment ne pas être frappé, à quarante ans d'intervalle, par la ressemblance entre les deux œuvres ? Comme si, dans les deux cas, le motif avait donné la même impulsion – on voudrait parler de décharge électrique – qui se traduit par une gestualité véhémente. Monet peint un bassin, mais il en fait un mur griffonné de couleur. On sait quelle postérité abstraite eut le peintre, ce qui n'est pas sans ironie quand on pense que, dans les dernières années de sa vie, l'arrivée d'un art abstrait tendit à l'exclure du champ de l'art dit moderne. Mais, d'évidence, tout est là : gestualité, frontalité et composition *all over* : sans hiérarchie ni centre ni périphérie.

bouche de Bergholz – qui, mieux que quiconque, a su en parler, pour prendre la mesure de ce qui se joue là : « L'acier de votre rayon visuel brise l'écorce des apparences, et vous pénétrez la substance profonde pour la décomposer en des véhicules de lumières que vous recomposez au pinceau, afin de rétablir subtilement, au plus près de sa vigueur, sur nos surfaces rétiniennes l'effet des sensations. »

***Nymphéas : Les Grandes décorations. Reflets d'arbres*, 1914-1918. Huile sur toile, 200 x 850 cm. Paris, musée de l'Orangerie (salle 2, mur ouest).**

***Autoportrait à la surface du bassin aux nymphéas, Giverny*, vers 1905. Photographie de Claude Monet. Collection Philippe Piguet.**

C'est cette fascinante photographie, faite par Monet lui-même, que découvre Stefan Bergholz dans l'atelier des *Nymphéas*, épinglée au dos d'une des *Grandes décorations*. Si elle ne fut certainement jamais placée là par son auteur, sa puissance symbolique n'en est pas moindre pour autant. Que Monet, qui passa tant d'années à scruter la surface de son bassin, ait fini par y inscrire son ombre ; que, en d'autres termes, cet homme qui vouait un culte à la lumière ait fini par utiliser celle-ci pour créer, en creux cet autoportrait, est terriblement éloquent. Comme un aveu, sous la forme d'une trace, que sa quête ne peut osciller qu'entre présence et absence, entre saisie du paysage et impossible autoportrait.

***Monet dans l'atelier des Nymphéas.* Photographie anonyme. Paris, Archives Durand-Ruel.**

Il existe plusieurs photographies de Claude Monet dans l'atelier des Nymphéas. Mais c'est sans conteste celle-ci qui donne l'idée la plus juste de l'échelle des choses, qu'il s'agisse du gigantisme de la palette que tient l'artiste, ou de la monumentalité des œuvres qui forment, par leur réunion, comme un anneau de peinture. Il est frappant, enfin, de mesurer par cette image le contraste entre l'intérieur et l'extérieur, entre l'exubérance du jardin et l'austérité de l'atelier. Monet, qui aimait à prétendre qu'il n'avait pas d'atelier (il en avait trois, en réalité) travaillait bien plus en intérieur qu'il ne le disait. Dans ce hangar sans qualité, les *Nymphéas* apparaissent d'autant plus clairement pour ce qu'ils sont : une sorte de double pictural du jardin d'eau, au centre duquel se tient son créateur, pinceau à la main.

L'ATELIER DE L'AUTEUR

Ici, deux histoires se croisent. L'une est, comme on dit, « vraie ». De l'autre, il me faudra dire quelques mots.

L'histoire vraie, bien entendu, est celle de Claude Monet. Tout ce qui, dans ce livre, concerne le peintre – les lieux, les dates, les expositions, les tableaux cités, les voyages, les amis, les femmes – est exact, ou, du moins, parfaitement fidèle à la vision que Monet lui-même souhaitait en donner. Ici, c'est Monet qui parle : il importait donc d'être fidèle à sa vision des choses, avant tout. C'est elle, cette « vision », que Bergholz a l'espoir de recueillir.

La « légende » Monet s'est forgée pour une grande part sur les propos du peintre lui-même, qui avait manifestement une conscience forte de la façon dont il souhaitait que l'on reçoive son œuvre. Si, en 1874, il fut certainement celui qui comprit le plus clairement l'avantage qu'auraient ses camarades et lui (mais aussi, sans doute, que lui plus encore que les autres pourrait tirer) à utiliser ce terme d'« impressionnisme » qu'on leur infligeait comme un quolibet, dans les années 1920, période où se situe la rencontre avec Stefan Bergholz, l'écriture de la légende devient un enjeu vital. Monet est très âgé, et a vu disparaître tout son entourage artistique, ainsi qu'une bonne part de son entourage familial. Il lui faut donc donner lui-même le sens de la pièce de théâtre, avant que le rideau se ferme. Et il le faut d'autant plus qu'une nouvelle modernité – abstraite notamment – est en train d'occuper le devant de la scène, et que nul ne songe, alors, à faire de Monet l'un des pères de celle-ci. C'est ainsi que plusieurs des propos (mais pas tous) que nous avons mis dans la bouche du peintre sont des propos rapportés. Ainsi, le long monologue de l'artiste dans sa cuisine, le matin du deuxième jour, est en réalité emprunté à un entretien donné à un journaliste du *Temps,* Thiébault-Sisson, le 26 novembre 1900. Monet, qui prétendait qu'il n'y avait rien à dire d'un homme qui ne s'intéressait qu'à la peinture et aux fleurs, recevait pourtant volontiers ceux qui sollicitaient un entretien, et, après 1900, le voyage à Giverny devint une sorte de pèlerinage obligé pour amateurs de peinture. S'il n'a guère écrit hormis des lettres dont plusieurs nous sont parvenues, ses propos ont souvent été recueillis, et constituent un matériau privilégié pour qui souhaite ainsi lui rendre la parole. On ne démêlera pas ici le vrai du vraisemblable, la citation de l'invention : on dira simplement que dans certains moments cruciaux – récit du travail à Rouen, face à la cathédrale, réflexion sur le site qui devra accueillir les *Nymphéas* (pourquoi pas les anciens Abattoirs, ou un cirque ?) et, surtout, récit de ce moment où, face à sa femme morte, Camille, la peinture l'entraîne comme malgré lui –, les mots cités sont ceux que Monet, dans des lettres, a lui-même employés. Si, parfois, pour les besoins du passage de l'écrit à l'oral, quelques tournures ont été modifiées, cela a toujours été fait à minima. Certes, Monet n'écrivait pas comme il parlait, mais l'ensemble des propos rapportés témoigne de la maîtrise y compris stylistique de la langue qui fut la sienne. Sa parole est d'autorité. On comprend les difficultés de Stefan Bergholz à intervenir dans ses monologues…

Une autre source fut pour nous précieuse, qui était souvent étroitement liée aux propos rapportés : ce sont les témoignages. Les visiteurs du peintre ont laissé la trace écrite de ce qu'ils ont vu, et cette trace a nourri les visions de Bergholz lui-même. L'épisode où Monet jette sous ses yeux sa palette dans le bassin des nymphéas est en réalité repris du témoignage d'un journaliste norvégien, de même que la rencontre entre Mendel Bergholz et le peintre, dans le train, non loin de Sandviken. On m'objectera que 25 ans ont passé, entre cette scène telle qu'elle a réellement eu lieu en Norvège, et telle que je la recrée à Giverny, et que le vieillard n'a sans doute plus la même vigueur dans le désespoir que le voyageur alerte. Mais – et tous les témoignages concordent sur ce point – même dans ses dernières années, le peintre, qui pouvait passer en un instant, en un changement lumineux lié au passage d'un nuage, de la joie au désespoir, alternait force de

la jeunesse et faiblesse du grand âge. Sa peinture était sa vie. Il a donc fallu (mais c'est là aussi le plaisir de la fiction) s'approprier, déplacer, inventer. Monet n'a jamais accueilli personne, à ma connaissance, en disant « Vous arrivez trop tard ! » et en faisant la liste de ses morts. Mais quels pouvaient être les sentiments d'un homme de 80 ans, seul survivant de sa génération d'artistes, deux fois veuf, ayant perdu son fils, et vivant dans un monde en train de l'oublier ?
Dans cette quête du vraisemblable, un « personnage » m'a été extrêmement précieux : Giverny. Véritable protagoniste de ce récit, dans sa partie jardin comme dans sa partie maison, ce lieu a été décrit ici avec un souci constant d'exactitude, si le mot exactitude a du sens, appliqué à l'écriture. Si l'Auberge du Roy n'existe pas, en revanche, tout ce qui est dit de la décoration des pièces de la maison, ou du choix des fleurs du jardin (dates de floraison comprises) est aussi conforme que possible à la réalité des lieux telle que Monet l'a voulue. C'est une évidence que de dire que Giverny est une œuvre de Claude Monet. Il importait donc de lui être fidèle, recettes de cuisines inclues. Pour ce faire, une source formidable existe : les photographies d'époque. Monet, qui a lui-même un peu photographié (il y est fait allusion dans le récit), s'est beaucoup laissé photographier, par des anonymes ou des êtres plus illustres : on possède ainsi un portrait de lui par Sacha Guitry. Ces photos, qui montrent un être soucieux de son apparence (et toujours avec un chapeau différent), parfois seul, parfois en train de peindre, parfois avec des amis, comme Georges Clemenceau, ont été une formidable impulsion pour écrire : des documents qui deviennent ainsi le moteur même de la fiction.

Dans ces photographies, on voit souvent passer celle qui est, après Monet et Bergholz, le troisième personnage de l'histoire : Blanche. Celle-là même que Clemenceau appelait affectueusement « l'ange bleu », et dont il saluait la capacité à compenser la noirceur du peintre. D'elle, dans ce récit, je ne dis rien d'autre que son prénom (mais celui-ci dit déjà tout), et sa présence constante et protectrice. Ce silence, qui va de pair avec celui du personnage, est délibéré. Blanche, de son nom complet Blanche Hoschedé-Monet, est la fille d'Ernest Hoschedé et d'Alice, née Raingo, qui, après la mort de son époux, deviendra la seconde femme de Claude Monet. C'est

l'Alice de notre texte. Blanche, en 1897, épousera Jean Monet, le fils du peintre et de Camille Doncieux, la Camille de notre texte. Après la mort de son mari, en 1914, elle retournera vivre auprès de Monet, à Giverny, où elle mourra en 1947. Ces quelques lignes disent un peu la complexité de l'histoire familiale du peintre, dont Ernest Hoschedé était un ami proche, mais qui entretenait déjà des relations avec Alice du vivant de son époux, et même de sa propre femme, Camille. Giverny, c'est aussi le lieu où ces histoires-là se croisent, en silence. On imagine mal Monet, cet homme que la pudeur conduit, lorsqu'il évoque le souvenir de Camille, à parler de celle-ci comme « d'une morte qui m'avait été et m'était toujours très chère », livrer à Bergholz les secrets de son intimité familiale. Pour ceux qui en douteraient, leur dire que ce récit si pudique et déchirant du moment où il a peint la morte, appartiennent à une lettre à Clemenceau, son ami et compagnon de la vieillesse, les convaincra peut-être. Ce qui ne peut se dire à Clemenceau autrement qu'en termes implicites ne saurait se dire à un inconnu en termes explicites, même à l'instant précis où celui-ci devient votre ami.
Clemenceau, même s'il n'apparaît dans ce récit que comme l'ombre de l'Histoire – mais cette ombre plane sur tout le texte – a été l'un des piliers sur lesquels j'ai pu m'appuyer pour le bâtir. Non seulement il fut l'un des interlocuteurs favoris du peintre, celui à travers qui Monet donna ses *Nymphéas* à la Nation, mais Clemenceau fut aussi à sa manière un grand critique d'art, et un écrivain étonnant. Les textes qu'il a consacrés au peintre m'ont aidé à voir, et à tenter de saisir comment, au moment même de leur apparition, les *Cathédrales* et les *Nymphéas* furent vus par qui avait vraiment un œil. Les mots de Clemenceau ont donc plusieurs fois fécondé ce texte, tantôt de façon explicite, parfois de façon plus souterraine. Il en va de même avec Proust, dont quelques phrases, ici, se cachent, comme autant d'impulsions vers l'écriture.

Voici pour le côté Monet. Reste donc le côté Bergholz. De Stefan, de son père Mendel, de son grand-père, du lieu d'où ils viennent, je ne dirai rien. Tout cela appartient à la rêverie de l'auteur, et à sa mémoire. Des lieux – Varsovie, Otwock, la « steppe de la faim » – sont cités, qui sont tous localisables sur une carte de géographie. Quant à ce qui s'y passe… Je dirai simplement, comme

pour Clemenceau, que c'est l'ombre de l'Histoire. Celle qui vient se cacher sous chaque paysage, comme la tranchée dort sous le champ de colza.
Pour les amateurs d'exactitude et de vraisemblable, je préciserai simplement deux choses.
Mendel Bergholz a-t-il vraiment rencontré Monet en Norvège, en 1895 ? La question peut en effet se poser, lorsqu'on constate que le peintre ne se souvient pas de lui, mais juste de quelques Polonais buveurs et jureurs, comme une toile de fond à peine incarnée. L'absence de réactions de Stefan, face à cette absence de souvenir, qui n'est pas sans rappeler l'étrange réaction de sa mère qui s'éclipsait lorsque son mari racontait aux enfants les histoires de Monet « Saint Nicolas », ne peut que renforcer cette interrogation. Mendel a-t-il eu une amitié avec le peintre, ou s'est-il « approprié » ce personnage célèbre qu'il a vu en Norvège, lui l'exilé fasciné par cet homme qui savait faire de tout paysage son lieu ? La question reste entière.

Enfin, une question demeure sur la steppe de la faim, ce néant sans bornes où des centaines de milliers de gens connurent, à une période tragique de l'histoire, la « relégation » : cette mort lente faite de froid, de faim, et de travail. Cette steppe, qui est, avec Giverny, l'un des protagonistes majeurs du récit, est-elle le lieu stérile que décrit Bergholz, comme en un contrepoint absolu du paysage créé par Monet ? Un paysage si infécond que, pour y survivre, certains êtres aient pensé à y pratiquer des concours de bouquets virtuels ? Il est plus que probable que non. Mais l'exact n'est pas toujours le vrai. Et le vrai, ici, c'est que l'image de la steppe qui a été transmise à Stefan par les jeux de son grand-père, à Otwock, et par le silence de son père, est celle-là. Celle d'une plaine sans fin, sèche et froide, où la nature s'accorde de façon tragique avec l'histoire.

INDICATIONS BIBLIOGRAPHIQUES

- Marianne Alphant, *Monet, Une vie dans le paysage*, Paris, Hazan, 2010.
- Pascal Bonafoux, *Monet, 1840-1926*, Paris, Perrin, 2007.
- Richard Brettell, *Impressionnisme, Peindre vite, 1860-1890*, Paris, Hazan, 2009.
- Georges Clemenceau, *Claude Monet, Les Nymphéas*, Paris, Éditions Bartillat, 2010.
- Marc Elder, *À Giverny, chez Claude Monet*, Paris, Mille et une nuits, 2010.
- Christian Geelhaar, *Claude Monet, Les Nymphéas*, Paris, Seghers, 1988.
- Claire Joyes, *Claude Monet à Giverny, La visite et la mémoire des lieux*, Giverny, Éditions Claude Monet, 2010.
- Michel Hoog, *Monet, un peintre, une vie, une œuvre*, Paris, Belfond, 1992.
- Philippe Piguet, *Monet et Venise*, Paris, Herscher, 1986.
- Thomas Schlesser & Bertrand Tillier, *Le roman vrai de l'impressionnisme*, Paris, Beaux Arts éditions, 2010.
- Douglas Skeggs, *Monet et la Seine, Impressions d'un fleuve*, Paris, Albin Michel, 1988.
- Virginia Spate, *Claude Monet, La couleur du temps*, Paris, Thames & Hudson, 2001.

Catalogues

- *Monet en Norvège.* Paris, Musée Rodin, 1995.
- *Monet, l'Œil impressionniste*, Paris, musée Marmottan, Hazan, 2008.

Textes et correspondances de Claude Monet

- *Claude Monet par lui-même*, Paris, Éditions Atlas, 1989
- *Georges Clemenceau à son ami Claude Monet,* Correspondance, Paris, Rmn, 1993.

CHRONOLOGIE DE CLAUDE MONET

14 novembre 1840 Naissance à Paris, au 45, rue Laffitte, d'Oscar Claude Monet, deuxième fils de Claude Adolphe Monet et de Louise Justine née Aubrée. L'enfant est baptisé le 20 mai 1841.

Vers 1845 La famille Monet s'installe au Havre.

1856 Études du dessin auprès de Charles-François Ochard, professeur au collège du Havre. Premières caricatures.

1857 Décès de sa mère. Rencontre Eugène Boudin, qui le pousse à se lancer dans la peinture, et l'initie aux rudiments du plein air.

1859-1860 Premier séjour à Paris où, contre l'avis de son père, il décide de s'engager dans des études de peinture. Il fréquente l'Académie Suisse et rencontre Pissarro.

1861 Il tire le « mauvais numéro » et part en Algérie faire son service militaire chez les chasseurs d'Afrique. À la suite d'une typhoïde, il est renvoyé à Paris.

1862 À l'automne, de retour au Havre, il rencontre Jongkind qui lui prodigue à son tour d'utiles conseils.

1862-1863 S'installe à Paris. Entrée dans l'atelier de Charles Gleyre. Il y fait les rencontres décisives de sa vie : Renoir, Bazille, Sisley. Avec eux, il va peindre en plein air à Fontainebleau, ce qu'il préfère rapidement à l'enseignement en atelier.

1865 Premier envoi au Salon, avec deux paysages, et premier succès. À Fontainebleau, cette année-là, il entame un *Déjeuner sur l'herbe,* après Manet. Très ambitieux, ce tableau reste inachevé. Parmi les modèles, on reconnaît Bazille, Courbet, et Camille Doncieux, qu'il épousera cinq ans plus tard.

1866 Il peint *La Femme à la robe verte,* dont le modèle, Camille, est devenue sa compagne. Le tableau est accepté au Salon, et lui vaut un article élogieux de Zola. Première rencontre, tendue, avec Manet, devant ce tableau.

1867 Naissance de Jean, son premier enfant. Il est refusé au Salon, comme ses amis Bazille, Pissarro, Sisley et Renoir.

1868 Monet commence à fréquenter le café Guerbois, où se réunissent Manet et ses amis.

1869 Installation de la famille Monet à Saint-Michel, près de Bougival. À La Grenouillère, il travaille avec Renoir. Les quelques succès au Salon n'ont rien résolu de sa grande misère financière.

1870 Le 28 juin, Monet épouse Camille Léonie Doncieux, à Paris. Courbet fait partie de ses témoins. Départ pour Londres, à la suite de la déclaration de guerre. Il y retrouve Pissarro et fait la connaissance, par l'entremise de Charles Daubigny, de Paul Durand-Ruel.

1871 Décès de son père. Monet rentre en France via les Pays-Bas, où il assouvit sa passion pour les estampes japonaises. À Londres, Monet a découvert Turner, et s'est lié avec Whistler.

1873 Monet se met à utiliser un bateau-atelier, comme l'avait fait avant lui son ami Daubigny.

1874 Du 15 avril au 15 mai, a lieu la première exposition « impressionniste », dans les anciens ateliers du photographe Nadar, boulevard des Capucines. Parmi neuf toiles, Monet expose *Impression, soleil levant* qui donnera son nom au mouvement.

1876 Deuxième exposition impressionniste, chez Durand-Ruel, rue Le Peletier, à Paris. Monet y expose dix-huit toiles.

1877 Troisième exposition impressionniste, chez Durand-Ruel. Monet y expose trente toiles dont les premiers tableaux de sa série sur *La Gare Saint-Lazare.* Mort de Courbet le 31 décembre.

1878 Naissance de son second fils, Michel. En août, installation avec la famille Hoschedé, à Vétheuil. Monet connaît de grosses difficultés financières.

1879 Monet participe à la quatrième exposition impressionniste, avec 29 œuvres. Les participants se font alors appeler les « Artistes indépendants ». Décès de sa femme, Camille, à Vétheuil, le 5 septembre.

1880 Monet expose de nouveau au Salon, ce qui lui vaut d'être fustigé par les Artistes indépendants, qui annoncent ses funérailles dans la presse. Le 7 juin, il obtient sa première exposition personnelle dans les locaux de la revue *La Vie moderne,* que dirige Georges Charpentier. Pour accompagner les dix-huit œuvres, un catalogue paraît, avec une préface de Théodore Duret.

1881 Séjour au Havre, à Fécamp, à Trouville et à Sainte-Adresse. Il s'installe avec Alice Hoschedé, qui est séparée de son mari, et les enfants, à Poissy.

1882 Absent de la sixième exposition des Artistes indépendants, il fait son retour en leur sein lors de la septième exposition, en mars, avec 35 toiles. C'est Durand-Ruel, encore, qui organise l'événement.

1882-1883 Séjour à Dieppe, à Pourville, à Varengeville, au Havre et à Étretat. Le 1er mars 1883, Durand-Ruel lui organise sa première exposition personnelle dans sa galerie. Le 29 avril, Monet s'installe à Giverny, avec Alice. Le lendemain, Manet meurt, à Paris.

1884 Séjour en Italie, à Bordighera sur la côte ligure. Pour s'y rendre, Monet avait voyagé avec Renoir sur la côte méditerranéenne, en passant d'abord par Aix-en-Provence, où il avait rencontré Cézanne. À l'automne paraît le premier article d'Octave Mirbeau sur Monet. S'en suivra une longue amitié entre le peintre et celui qui deviendra son principal critique et défenseur.

1885 Monet participe pour la première fois à l'Exposition internationale organisée par le concurrent de Durand-Ruel, Georges Petit. À l'automne, le peintre et sa famille s'installent à Étretat. Monet y restera, seul, jusqu'à la fin de l'année.

1886 Il participe à l'exposition du Cercle des XX, à Bruxelles, mais est absent de la huitième et dernière exposition impressionniste. D'avril à mai, néanmoins, il figure dans l'exposition organisée par Durand-Ruel à New York, « Impressionnistes de Paris », avec une quarantaine de toiles. À l'automne, il séjourne à Belle-Île, où il fait la connaissance du critique d'art Gustave Geffroy.

1888 Monet séjourne à Antibes et sur la Côte d'Azur, puis, brièvement, à Londres, à la fin de l'année. En juin, Théo Van Gogh expose dix marines d'Antibes boulevard Montmartre, pour le compte de la maison Boussod-Valadon.

1889 Séjour dans la Creuse. Monet participe à la Centennale de l'art français organisée par Antonin Proust dans le cadre de l'Exposition Universelle. *L'Olympia* de Manet qui y est exposée fait toujours scandale. Afin d'éviter que la toile parte à l'étranger et dans l'intention d'aider la veuve du peintre, Monet lance une souscription pour offrir l'œuvre au Louvre. Après un an de négociations, elle finira par entrer au Musée du Luxembourg. Il faudra attendre 1907, et l'intervention de Clemenceau, pour qu'elle parvienne enfin au Louvre. En juin, Monet expose avec Rodin, à la galerie Georges Petit. Le catalogue est préfacé par Geffroy pour Rodin et Mirbeau pour Monet.

1890 Grâce à l'aide de Durand-Ruel, Monet, qui risquait d'être expulsé, achète la maison qu'il louait à Giverny.

1891 Le 19 mars, Ernest Hoschedé meurt à Paris. De nouveau chez Durand-Ruel, Monet y expose ses œuvres récentes : quinze toiles de la série des *Meules*.

1892 Exposition d'un ensemble de *Peupliers* chez Durand-Ruel. Premier séjour à Rouen de février à avril pour y peindre les *Cathédrales*. Le 16 juillet, il épouse Alice Hoschedé, à Giverny.

1893 Acquisition d'un nouveau terrain qui lui permet de commencer les travaux d'aménagement du jardin d'eau. De février à avril, Monet est de nouveau à Rouen pour continuer à travailler sur ses *Cathédrales*.

1895 Monet séjourne en Norvège. La même année, Durand-Ruel lui consacre une nouvelle exposition, où figurent entre autre vingt versions des *Cathédrales*. Parmi les visiteurs enthousiastes, on compte un certain Marcel Proust.

1897 Mariage de Jean Monet, fils aîné du peintre, avec Blanche Hoschedé, seconde fille d'Alice.

1898 Au lendemain de la publication du fameux « J'accuse ! » de Zola dans *L'Aurore*, dont Clemenceau est alors un des rédacteurs, Monet lui apporte son soutien. Il signe le « Manifeste des intellectuels ». Le 20 mai, il fait partie des signataires de la Protestation contre le refus de la Société des gens de lettres, d'accepter le *Balzac* qu'elle avait commandé à Rodin. En juin, il expose de nouveau chez Georges Petit. Bref séjour à Londres en fin d'année.

1899 Décès de Sisley. Séjour à Londres. Naissance du thème des *Nymphéas*.

1900 Monet finit, après avoir beaucoup hésité, par accepter d'exposer à la Centennale, organisée au Grand Palais par Roger Marx dans le cadre de la nouvelle Exposition Universelle. En novembre, il revient une fois encore chez Durand-Ruel, où il montre des toiles récentes dont une dizaine de *Nymphéas*. Une exposition similaire sera présentée à New York l'année suivante.

1901 Nouveau séjour à Londres. L'achat d'une parcelle supplémentaire permet l'agrandissement du bassin aux nymphéas.

1902 Mort d'Émile Zola, à Paris, le 29 septembre.

1903 Mort de Camille Pissarro, à Paris, le 13 novembre.

1904 Monet expose le fruit de ses séjours londoniens : trente-sept toiles commencées sur place et achevées en atelier, à Giverny.

1906 Mort de Paul Cézanne à Aix-en-Provence, le 22 octobre.

1907 Exposition personnelle à la galerie Durand-Ruel, à New York.

1908 Monet commence à souffrir de la cataracte. Après hésitation, il finit par accepter une invitation à Venise. Il en rapportera de nombreux tableaux dont il cède 28 aux Bernheim, à bon prix. La concurrence entre galeries a pour conséquence de faire monter ses prix et de lui faire atteindre une cote importante.

1909 Exposition de 48 *Nymphéas* chez Durand-Ruel, à Paris, sous le titre « Les Nymphéas, séries de paysages d'eau ».

1910 Une inondation endommage le jardin de Giverny, au début de l'année.

1911 Le décès d'Alice, le 19 mai, est vécu par Monet comme le « malheur de [sa] vie ». Il songe un moment à arrêter de peindre.

1912 La galerie Bernheim-Jeune présente 29 *Vues de Venise*, avec un texte de Mirbeau. La cataracte de Monet s'aggrave, et son état moral avec.

1913 Les toiles de Venise sont montrées à New York, chez Durand-Ruel.

1914 Après sa femme, c'est son fils aîné, Jean, qui meurt, laissant Monet désemparé. La femme de Jean, Blanche, vient s'installer à

Giverny, dont elle devient la gardienne attentive. Elle ne quittera plus jamais Monet.

1915 Construction de l'atelier des *Nymphéas*, dans le jardin de Giverny.

1917 Mort d'Octave Mirbeau, à Paris, le 16 février. Mort de Rodin, le 17 novembre.

1918 Au lendemain de l'Armistice, Monet écrit à Clemenceau pour offrir à la France deux *Nymphéas*. Ce legs, qui prendra une toute autre ampleur, et sera finalement signé le 12 avril 1922, fait entrer dans les collections publiques les 14 panneaux des *Nymphéas* qui seront installés à l'Orangerie, selon une disposition conforme aux vœux de l'artiste, le 17 mai 1927, six mois après sa mort.

1919 Mort de Renoir, à Cagnes-sur-Mer, le 3 décembre. Monet est désormais le dernier « impressionniste » vivant.

1920 La cataracte de Monet s'aggrave, mais celui-ci refuse de se faire opérer, malgré l'insistance de Clemenceau. Mort de Georges Petit, à Paris, le 12 mai.

1921 Exposition rétrospective à la galerie Bernheim-Jeune. Le choix de l'Orangerie des Tuileries pour y installer les *Nymphéas* est adopté.

1922 Mort de Paul Durand-Ruel, à Paris, le 5 février.

1923 Monet finit par accepter de se faire opérer de la cataracte de l'œil droit, ce qui est fait le 10 janvier, sans grand résultat.

1924 Dix *Nymphéas* sont exposés galerie Durand-Ruel, à New York.

1925 Grâce à la mise au point de verres Zeiss, Monet va recouvrer la vue, puis la vision des couleurs, dont sa perception était fortement altérée.

5 décembre 1926 Claude Monet meurt, à Giverny. À Clemenceau qui le veille, ce jour-là, et lui demande en lui prenant la main : « Souffrez-vous beaucoup ? », il répondra simplement « Non » d'une voix très faible, avant de s'éteindre. Sur sa demande, son enterrement à lieu dans l'intimité, sans aucune pompe. La famille est là, avec les amis. Sont présents Bonnard, Vuillard, Ker-Xavier Roussel, l'écrivain Léon Werth, Thadée Natanson. Et Georges Clemenceau.

PETIT DICTIONNAIRE DES PERSONNAGES CITÉS

Alice ▸ Hoschedé-Monet, Alice

Astruc, Zacharie *(1855-1907)* Critique d'art, poète, peintre et sculpteur, il fut très actif dans la défense d'un art moderne, et soutint tout particulièrement Manet, Monet, Fantin-Latour et Alphonse Legros. Ce spécialiste d'art japonais participa à l'exposition impressionniste de 1874.

Bazille, Frédéric *(1841-1870)* Né dans une famille bourgeoise protestante de Montpellier, il monte à Paris pour répondre à sa vocation de peintre, et entre dans l'atelier de Charles Gleyre, où il se lie d'amitié avec Monet et Renoir. C'est le noyau d'un groupe qui accueillera bientôt Degas, Sisley, Manet, Morisot, Cézanne, Pissarro, Zola, Verlaine. Mort au combat, à l'âge de 29 ans, Bazille avait l'âme d'un fédérateur. Plus à l'aise financièrement que ses camarades, il partagera ses ateliers avec Renoir et Monet. La création, en 1874, de la Société anonyme coopérative des artistes peintres, sculpteurs et graveurs, qui est à l'origine de la fameuse exposition chez Nadar, est, à sa façon, un hommage des peintres à leur ami mort qui avait émis le vœu qu'une telle association naisse. Comme le dit Monet à Bergholz : « C'était un enfant, voyez-vous, mais c'est un peu notre père, le fondateur quoi. »

Bernheim, Alexandre *(1839-1915)* Fondateur de la galerie Bernheim-Jeune, 8, rue Laffitte, à Paris, cet ami de Delacroix, Corot et Courbet va devenir le marchand de l'École de Barbizon, puis le premier galeriste à montrer des œuvre impressionnistes, en 1874. Chaque fois qu'il se rendait dans sa maison normande de Villers-sur-Mer, il s'arrêtait chez Monet, à Giverny.

Blanche ▸ Hoschedé-Monet, Blanche (née Blanche Hoschedé)

Bonvin, François *(1817-1887)* Peintre de paysage et graveur français, il participe au Salon des Refusés, avec son ami Courbet.

Boudin, Eugène *(1824-1898)* « Faites du paysage, c'est si beau la mer et les ciels, les bêtes, les gens et les arbres tels que la nature les a faits, avec leur caractère, leur vraie manière d'être dans la lumière, dans l'air, tels qu'ils sont. » Tels furent les mots de Boudin qui, d'après Monet, firent de lui un peintre. Comme il le raconte à Bergholz dans la cuisine bleue, Boudin fut son premier maître, celui qui a su voir dans le jeune caricaturiste le peintre potentiel.

Caillebotte, Gustave *(1848-1894)* Ce peintre fut aussi un collectionneur, un organisateur d'expositions, et un mécène éclairé. Afin de soutenir ses amis impressionnistes, il leur acheta de nombreuses œuvres. De Monet, il possédait *Un coin d'appartement*, ce tableau que Stefan Bergholz, sans le savoir, voit dans son cauchemar de la première nuit passée à l'Auberge du Roy, à Giverny.

Camille ▸ Monet, Camille (née Camille Doncieux)

Camondo, Isaac de *(1851-1911)* Ce banquier issu d'une grande famille juive sépharade fut un grand collectionneur qui réunit des œuvres du XVIIIe siècle, des estampes japonaises, des objets d'art d'Extrême-Orient, et des peintures impressionnistes. Il légua l'ensemble de sa collection au Louvre. C'est là que Bergholz voit la *Cathédrale* de Monet, et le *Joueur de fifre* de Manet. S'il n'avait pas été aussi captivé par ces deux tableaux, il aurait pu également voir les *Joueurs de cartes* et *La Maison du pendu* de Cézanne, *L'Absinth*e et *Les Repasseuses* de Degas, ainsi que *L'Inondation à Port Marly* de Sisley.

Cézanne Paul *(1839-1906)* L'amitié, et l'admiration réciproque, entre Cézanne et Monet, qui furent un temps liés par l'aventure impressionniste, avant de choisir des voies individuelles séparées, dit, à sa façon, le refus de Monet de s'enfermer dans une manière, ou une étiquette. Si Cézanne fournit bien à Monet des recettes de cuisine, comme la « bouillabaisse de morue » qui cuit pendant qu'il parle avec Bergholz, le matin du deuxième jour, les deux artistes ont en commun une forme d'obstination à saisir ce que l'on voit, qui s'incarne dans les séries chez Monet comme dans les tableaux dédiés à la Sainte-Victoire chez le peintre aixois.

Clemenceau, Georges *(1841-1929)* Il ne fut pas seulement l'homme d'État que l'on sait, républicain, dreyfusard, et « Père de la Victoire », même si c'est certainement en pensant à cet aspect de l'homme, que Monet offrit, par son entremise, ses *Nymphéas* à la Nation, le 12 novembre 1918. Celui qu'on surnommait également « Le Tigre », fut aussi l'ami des artistes (on connaît son portrait par Manet) et de Monet en particulier, pour qui il se fit journaliste engagé, lorsqu'il écrivit son fameux article, « Révolution de cathédrales » que le peintre sort de son gilet pour le lire à Bergholz, sous les tilleuls taillés au carré de son jardin. Après la mort de Monet, il écrivit un splendide essai sur les *Nymphéas* qui a souvent permis à l'auteur du présent récit de voir ce cycle pictural avec les yeux de qui l'a vu au moment même de sa création. Il faut dire que Clemenceau, ici, joua bien plus que le rôle d'un simple critique : il fut celui qui, face à un Monet mélancolique et découragé par sa cataracte, su trouver les mots, parfois violents, mais toujours affectueux, pour inciter son ami à mener à bien son projet titanesque. Une véritable fraternité liait ses deux hommes, au point que Clemenceau créa, dans la maison de Saint-Vincent-sur-Jard, en Vendée, où il s'était retiré, un jardin impressionniste. À l'enterrement de Monet, Clemenceau, selon Sacha Guitry, aurait insisté pour qu'on ne recouvre pas le corps de Monet d'un linceul noir : « Pas de noir pour Monet ! Le noir n'est pas une couleur ! ». Il aurait, prétend Guitry, arraché des rideaux aux motifs colorés pour en recouvrir la dépouille de son ami.

Corot, Jean-Baptiste Camille *(1796-1875)* Si cette figure centrale de l'École de Barbizon fut appelée de manière bien trop rapide le « père de l'impressionnisme », il n'en demeure pas moins qu'il eut, sur la génération de Monet, une influence évidente. C'est à lui que Monet pense quand il déclare à Bergholz : « Bien sûr je suis allé à Fontainebleau, comme tous mes contemporains. »

Courbet, Gustave *(1819-1877)* Le peintre d'Ornans est une des grandes admirations de Monet, qui lui rend, à sa façon, hommage, lorsqu'il peint la falaise à Étretat. Mais Courbet est aussi pour lui un ami, celui qu'il choisit comme témoin, en 1870, lorsqu'il épouse Camille Doncieux, juste avant de s'exiler à Londres.

Couture, Thomas *(1815-1879)* Fameux pour avoir peint *Les Romains de la décadence*, Couture l'est aussi pour l'atelier indépendant qu'il avait ouvert, afin de défier l'École des Beaux-Arts en formant lui-même les meilleurs talents de peinture d'histoire. S'il fut le professeur de Manet, leurs rapports furent émaillés de conflits. Manet disait : « Je ne sais pas pourquoi je suis ici ; quand j'arrive à l'atelier, il me semble que j'entre dans une tombe. » On comprend aisément que Monet ait refusé le conseil de Troyon d'entrer dans cet atelier qui, pour sa génération, sentait la peinture morte.

Daubigny, Charles *(1817-1878)* Monet doit beaucoup à ce peintre de l'École de Barbizon qu'il rencontre durant son exil londonien en 1870. C'est lui, comme il le raconte à Bergholz, qui lui fait faire la grande rencontre de sa vie, celle de Durand-Ruel. C'est enfin certainement en pensant à lui qu'en 1873, il se fait aménager un bateau-atelier, afin de pouvoir peindre directement sur l'eau, et, plus encore, au fil de l'eau. Des années auparavant, Daubigny avait en effet fait la même chose, avec un bateau qu'il avait baptisé *Le Botin*.

Debussy, Claude *(1862-1918)* Le compositeur de *La Mer* et *Pelléas et Mélisande*, que Bergholz associe à la *Cathédrale* de Monet qu'il voit lors de sa visite du Legs Camondo, au Louvre, était lui-même un grand admirateur du peintre. Souvent comparé à lui, il écrit dans une lettre adressée, en 1916, au critique Émile Vuillermoz : « Vous m'honorez grandement en me disant l'élève de Claude Monet. »

De nombreuses études ont également souligné les liens entre les *Préludes* de Debussy et *La Recherche du temps perdu* de Proust.

Degas, Edgar *(1834-1917)* Si Degas fit officiellement parti du groupe impressionniste, c'est essentiellement parce que celui-ci prônait la liberté de peindre, contre la pesanteur et le conservatisme qui régnaient alors à l'École des Beaux-Arts comme au sein du jury du Salon. Là où Monet compris l'intérêt qu'il y avait à s'approprier l'étiquette « impressionniste » qu'on leur collait par dérision, lui fut furieux. De fait, son art ne se résume en rien à la recherche de l'impression visuelle. Au plein air il préfère, comme il le dit « ce que l'on ne voit plus que dans sa mémoire ». Il aurait un jour dit à Pissarro « Il vous faut une vie naturelle ; à moi la vie factice. »

Delacroix, Eugène *(1798-1863)* Celui qui fut le chef de file de l'école romantique française reste une référence majeure pour la génération de Monet. Ce dernier conservait un tableau de lui dans sa chambre, à Giverny, parmi les œuvres de ses amis.

Durand-Ruel ou Duran-Ruel, Paul *(1831-1922)* Le marchand des impressionnistes. Monet, même s'il exposait parfois chez d'autres marchands d'art, restera toujours fidèle à celui qu'il avait rencontré à Londres, et dont il considérait qu'il lui avait sauvé la vie. Durand, comme il l'appelle dans sa correspondance, est l'un des visiteurs réguliers à Giverny.

Duranty, Louis Edmond *(1833-1880)* Ce défenseur de Courbet, cofondateur, avec Champfleury, de la revue *Le Réalisme*, soutiendra également les Impressionnistes, et notamment ceux qui exposaient chez Durand-Ruel.

Duret, Théodore *(1838-1927)* Ce critique d'art, dont on connaît le portrait par Manet, fut l'un des plus fidèles soutiens des peintres impressionnistes, auxquels il consacra de nombreux textes critiques, mais aussi, l'un des premiers, une *Histoire des peintres impressionnistes*.

Fallières, Armand *(1841-1931)* Ce républicain de gauche, dont la carrière connut son point culminant en 1906, année où il devint Président de la République, fut plusieurs fois ministre de l'Instruction publique et des Beaux-Arts.

Fantin-Latour, Henri *(1836-1904)* Membre du groupe dit « de 1863 », puis du Cénacle des Batignolles, d'où naîtra l'Impressionnisme, il est, selon l'expression d'un critique du temps, le chaînon manquant entre l'art romantique et la peinture de son temps. Il est resté célèbre notamment pour ses portraits collectifs comme *Un atelier aux Batignolles*, qui est un hommage à Manet, où figurent notamment Monet, Bazille, Renoir et Zola.

Gautier, Armand *(1825-1894)* Peintre et graveur français, élève de Léon Cogniet et ami de Courbet.

Germaine ▸ Salerou, Germaine (née Germaine Hoschedé)

Gleyre, Charles *(1806-1874)* Ce peintre suisse avait ouvert un atelier indépendant à Paris, où se retrouvèrent nombre de ceux qui formèrent ensuite le groupe des impressionnistes. Monet, Renoir, Bazille, Sisley, entre autres, furent ses élèves.

Gudin, Théodore *(1802-1880)* Premier peintre français a avoir été nommé peintre officiel de la Marine, en 1830.

Hiroshige, Utagawa *(1797-1858)* Dessinateur, graveur et peintre japonais. Il est, avec Hokusai, l'un des très grands maîtres de l'ukiyo-e et, en particulier, de l'estampe de paysage. Ses *Cent Vues d'Edo* sont fameuses. C'est devant l'une de ses œuvres, *Vue des tourbillons de Naruto à Awa*, que s'arrête Bergholz, à qui elle rappelle *La Cabane des douaniers*, vue dans le catalogue de la galerie Georges Petit. Hiroshige est l'une des sources d'inspiration de Monet, qui voyage jusqu'en Hollande pour acheter les meilleures estampes. Monet, cependant, comme le dit son ami Octave Mirbeau, « ne fit jamais de japonisme ». Et c'est vrai, il n'imita jamais servilement ces estampes dont il décora toute sa maison et, plus particulièrement, la salle à manger jaune que découvre Bergholz le premier jour. La construction, à Giverny, d'un pont japonais dit bien cette façon indirecte de féconder son art par sa confrontation avec des sources non occidentales. Monet, contrairement à Van Gogh, ne cite pas, mais s'inspire d'un motif, d'une manière de composer surtout, qui relègue le motif principal à l'arrière-plan, afin que la lumière envahisse tout l'espace. « Hiroshige est un impressionniste merveilleux. » écrit Camille Pissarro à son fils. « Moi, Monet et Rodin en sommes enthousiasmés. »

Hokusai, Katsushika *(1760-1849)* Le plus célèbre de tous les créateurs d'estampes japonaises, et l'un des fleurons de la collection de Monet, avec Hiroshige et Utamaro. De lui, Monet possédait entre autres *La Grande vague de Kanagawa*, qui appartient aux *Trente-six vues du Mont Fuji.*

Hoschedé-Monet, Alice, née Alice Raingo *(1844-1911)* La seconde femme de Monet fut d'abord l'épouse d'Ernest Hoschedé, collectionneur et ami du peintre, avec qui elle eut cinq enfants : Marthe, Blanche, Suzanne, Jacques, Germaine et Jean-Pierre. Ce dernier aimant à se dire fils de l'artiste. Il faut dire que la situation n'était pas simple, Alice entretenant une relation amoureuse avec Monet bien avant la mort de son propre mari, en 1891, et même de Camille, puisque leur relation a sans doute débuté en 1875 ou 1876. Alice s'occupa d'ailleurs avec dévouement de Camille, lorsque celle-ci tomba malade, après la naissance de son dernier enfant, en 1878. Elle épousera Monet le 16 juillet 1892. Si Monet avait tendance à faire avec Alice comme il avait fait avec Camille, c'est-à-dire à s'éloigner régulièrement d'elle pour peindre, elle sera néanmoins l'âme sœur et protectrice du peintre à Giverny, et sa mort, en 1911, sera pour lui un choc si grand qu'il pensera ne plus parvenir à peindre. Lors du voyage à Venise dont Monet raconte quelques moments à Bergholz, on la voit attentive et inquiète des sautes d'humeur de son mari qu'elle suit partout, y compris sur la gondole où il travaille et où elle écrit des lettres à sa fille Germaine, tout en grelottant.

Hoschedé-Monet, Blanche, née Blanche Hoschedé *(1865-1947)* L'« ange bleu », comme l'appelait Clemenceau qui l'aimait beaucoup, et qui vantait sa capacité à contrebalancer la noirceur de son ami Monet, fut celle qui veilla sur Monet durant les dernières années de sa vie, comme elle veilla sur le jardin de Giverny jusqu'à sa mort. Deuxième fille d'Alice, elle épouse le fils de Monet, Jean, en 1897. À la mort de celui-ci, en 1914, c'est tout naturellement que cette femme qui est douée d'un certain talent de peintre, et qui a été l'assistante de son beau-père, retourne vivre auprès de ce dernier. De nombreuses photos la montrent, en général vêtue de blanc, à Giverny, en compagnie de Monet, ou de Clemenceau, dont elle fréquenta à plusieurs reprises la maison de Saint-Vincent-sur-Jard. Ce sont ces photographies qui ont inspiré dans le présent livre ce personnage silencieux, attentif et protecteur.

Houssaye, Arsène *(1815-1896)* S'il n'acheta aucun tableau à Monet, cet été 1869 où celui-ci mourait de faim à La Grenouillère, cet écrivain prolixe, qui dirigeait la revue *L'Artiste*, et était lié à toute la bohème parisienne, fut le propriétaire de la fameuse *Femme à la robe verte*, qui suscita la première et orageuse rencontre entre Monet et Manet, narrée par Monet dans le récit qui précède.

Jongkind, Johan Barthold *(1819-1891)* Jongkind est le chaînon qui lie Monet avec le paysagisme hollandais du Siècle d'or. Car si Monet écrira que celui-ci fut, après Boudin, son second maître, et qu'il lui devait « l'éducation définitive de son œil », cet éducateur, avant de découvrir la côte normande, fut formé lui-même en Hollande dans la tradition des peintres naturalistes. Ce sont ces séjours réguliers entre Trouville et Honfleur, l'été, qui vont progressivement transformer sa façon de peindre, la lumière et ses jeux subtils devenant peu à peu l'élément central de son travail, qu'expriment les multiples décompositions de petites touches de couleurs. Le chemin était tracé, que radicalisera Monet.

Leroy, Louis *(1812-1885)* Ce journaliste, qui doit sa célébrité au fait d'avoir inventé, par dérision, le terme « impressionniste » dans un article du *Charivari* consacré à l'exposition de 1874, était aussi un dramaturge à la mode, auteur de nombreuses pièces, dont certaines en collaboration avec Labiche. Avant Monet, il avait déjà épinglé Manet et son *Torero mort* à son tableau de chasse.

Manet, Julie *(1878-1966)* La fille de Berthe Morisot et d'Eugène Manet, le frère du peintre, a laissé un fameux *Journal*, où elle évoque la mémoire, entre autres, de Renoir, Monet, Degas et Sisley. La lettre que Bergholz découvre, sous le papier cristal qui recouvre le catalogue de l'exposition Monet galerie Georges Petit, est en réalité un extrait de ce *Journal*.

Manet, Édouard *(1832-1883)* Si, comme Monet le raconte deux fois à son invité, ses relations avec Manet ne commencèrent pas très bien, la suite fut d'un tout autre ordre. Certes, Manet refusa de participer à la première exposition impressionniste, dans l'espoir, parfaitement vain, de connaître enfin le succès au Salon, mais il fait figure d'aîné héroïque, pour la génération de Monet. Le scandale du Salon des Refusés, en 1863, c'est lui qui l'incarne, et, ce faisant, il ouvre la voie pour les artistes en mal de peinture nouvelle. Claude Monet, qui peignit à sa suite un *Déjeuner sur l'herbe* qui était à la fois un hommage et une manière d'affirmer sa différence (le sien, contrairement à celui de Manet, était une œuvre de plein air, et non d'atelier), n'eut de cesse de défendre la mémoire de son ami, après la mort de celui-ci. Le combat pour l'entrée de *L'Olympia* au Louvre, dont il est l'animateur, est le combat pour la reconnaissance de sa génération, à travers l'œuvre phare de son plus illustre porte-drapeau.

Mickiewicz, Adam *(1798-1855)* Est sans conteste le plus célèbre écrivain et poète polonais du XIXe siècle. La participation à des cercles patriotiques valut à l'auteur de *Pan Tadeusz* et des *Aïeux* de devoir s'exiler, en Russie puis en France. Il reste dans la mémoire polonaise comme la grande voix de la cause patriotique.

Millet, Jean-François *(1814-1875)* Le jeune Monet regarda certainement les œuvres de ce peintre, qui fut l'un des principaux fondateurs de l'École de Barbizon, et qui, avant lui, peignit la côte normande, sa région natale.

Monet, Camille, *née Camille Doncieux (1847-1879)* La première femme de Monet, avec qui il eut deux fils, Jean et Michel, fut aussi son modèle favori. *La Femme à la robe verte*, c'est elle. Mais on la retrouve aussi dans *La Japonaise*, *Femmes au jardin*, ou *Le Déjeuner*.

Sa mort, très jeune, des suites d'un cancer, marque une rupture dans l'œuvre du peintre. Désormais le paysage prendra le pas sur les scènes avec personnages. C'est elle que Monet peindra sur son lit de mort. Et c'est à propos de ce tableau qu'il dira à Bergholz qu'il était alors comme « une bête qui tourne sa meule ». Des mots, où la culpabilité se mêle au deuil, qui furent en réalité écrits à Clemenceau.

Monet, Jean *(1867-1914)* L'aîné des deux fils que Monet eut avec sa première femme, Camille Doncieux, épousera Blanche Hoschedé, la seconde fille d'Alice Hoschedé (future épouse de Claude Monet) en 1897. Mort de maladie en 1914, il avait souvent servi, enfant, de modèle à son père. C'est lui que l'on voit dans *Un coin d'appartement* (et qui a inspiré le rêve de Bergholz).

Monginot, Charles *(1825-1900)* Peintre, il fut formé dans l'atelier de Thomas Couture, où il se lia d'amitié avec Manet. Il figure dans *La Musique aux Tuileries.*

Morisot, Berthe *(1841-1895)* Cette femme, qui épousera Eugène Manet et aura avec lui une fille, Julie Manet, fut l'un des membres du groupe des Indépendants qui exposa chez Nadar, en 1874. Elle est la seule, avec Pissarro, à avoir participé à toutes les expositions impressionnistes, sauf en 1879, année de naissance de sa fille. Manet, avec lequel elle était très liée, l'a souvent prise comme modèle, notamment pour un extraordinaire portrait, *Berthe Morisot au bouquet de violette.*

Nadar, Gaspar-Félix Tournachon, dit *(1820-1910)* Avant d'être le photographe que l'on sait, portraitiste des artistes de son temps, il fut caricaturiste. Cet homme aventureux, qui réalisa la première photographie aérienne de Paris, depuis un vol captif en ballon à 80 mètres d'altitude, accueille la première exposition impressionniste en 1874 dans son ancien atelier, qu'il louait. S'il ne fut pas l'organisateur de cette manifestation, il en fut l'hôte bienveillant, lui qui, très tôt, stigmatisera la tendance de ses concurrents à produire des portraits photographiques stéréotypés.

Paderewcki, Ignacy *(1860-1941)* Pianiste, compositeur, mais aussi homme politique, ce Polonais fit de nombreuses tournées triomphales à travers l'Europe. Son engagement pour la Pologne libre commence à se manifester en 1910. En 1914, il fonde le « Comité central de secours pour les victimes de guerre en Pologne ». En 1919, il devient Premier ministre et ministre des Affaires étrangères de la Pologne redevenue indépendante. Dans les années 1920, il reprend son activité de pianiste et ses tournées internationales. Des *Images* de Debussy, il enregistra *Reflets dans l'eau*. Un titre à la Monet qui, lui aussi, aurait pu retenir l'attention de Bergholz.

Petit, Georges *(1856-1920)* Ce galeriste fut l'un des grands rivaux de Durand-Ruel (celui-ci l'appelait son « rival honni »), auquel il disputait le marché de la peinture impressionniste. Monet exposa plusieurs fois chez lui, soit seul, soit avec d'autres artistes, comme lors de sa fameuse exposition avec Rodin, en 1889.

Pissarro, Camille *(1830-1903)* De 10 ans plus âgé que Monet, dont il fera le parrain de son dernier fils, il l'accompagne et l'inspire dans nombre d'épisodes de sa vie. Ils se sont connus à Paris, dans les ateliers où ils se forment au métier de peintre, et se retrouveront à Londres, où la misère les liera de façon indéfectible. Pour Monet, Pissarro est le modèle de l'artiste qui « cherche », de l'inventeur qu'il veut être.

Proust, Antonin *(1832-1905)* Ce camarade d'enfance de Manet s'oriente d'abord vers la peinture, sous l'influence de son ami. Il se tourne ensuite vers le journalisme, et la politique. Son protecteur Gambetta, une fois au pouvoir, le nomme en 1881 au poste alors inédit de « Ministre des Arts ». Il est le créateur de l'École du Louvre. Bien qu'ayant dédié la fin de sa vie à glorifier l'œuvre de Manet, dont il organisa la première grande exposition posthume, en 1884, il s'opposa à l'entrée de *L'Olympia* au Louvre, ce qui provoqua notamment la colère de Monet dont celui-ci se fait l'écho, dans sa conversation avec Stefan Bergholz. Néanmoins, le duel souhaité par Proust n'eut pas lieu.

Proust, Marcel *(1871-1922)* Proust et Monet ne se rencontrèrent jamais, mais le premier regarda et aima les œuvres du second. Le texte tiré de *Jean Santeuil*, cité par Bergholz, en témoigne, même si l'auteur de ce récit, s'autorisant ainsi une petite licence, a mis entre les mains de son personnage un texte qui n'a été rendu publique qu'en 1952, longtemps après la mort de Monet. Mais plus encore que ce texte, c'est toute la *Recherche* qui est imprégnée de la vision du monde propre à Monet. Le personnage du peintre Elstir, bien sûr, mais aussi nombre de descriptions de paysages. Certaines d'entre elles ont fécondé l'écriture du présent livre.

Renoir, Auguste *(1841-1919)* Si Renoir est peut-être celui dont Monet déplore le plus fortement la mort, lorsqu'il reçoit Bergholz dans son jardin, ce n'est pas seulement parce que celui-ci est le plus récent sur la liste de ses amis disparus, mais bien parce que ce peintre, qu'il connut dans l'atelier de Charles Gleyre, fut son plus fidèle et plus durable ami. Renoir, c'est le compagnon des bons et des mauvais jours. Celui avec qui il peint à La Grenouillère, mais aussi celui qui le sauve de la misère et de la faim, en ce même lieu, alors que Monet est décidé à mourir. Dans la vie de Monet comme dans le présent récit, il est à la fois le double et l'antithèse de celui-ci, avec son « talent insensé pour le bonheur ». Lui qui prétendait ne peindre « que par plaisir », là où Monet était rongé par l'angoisse d'échouer dans sa quête de la couleur.

Rodin, Auguste *(1840-1917)* Le sculpteur ne fut pas seulement le parfait contemporain de Monet, il fut aussi son ami, et bénéficia de son soutien lors du scandale suscité par son projet de monument à Balzac, que lui avait commandé la Société des Gens de Lettres. C'est à Giverny, le 28 novembre 1894, qu'il fait la connaissance de Cézanne. À l'été 1889, le galeriste Georges Petit avait organisé une exposition Monet-Rodin qui fit sensation. Face aux tableaux de Monet, le sculpteur avait choisi de montrer plusieurs des groupes destinés à intégrer sa *Porte de l'Enfer*.

Salerou, Germaine, *née Germaine Hoschedé (1873-1968)* La dernière des quatre filles d'Alice et Ernest Hoschedé. Elle épousera Albert Salerou, futur maire de Giverny. C'est sa fille, Nitia, que l'on voit, enfant, sur la photo qui représente Monet en train de peindre dans le jardin de Giverny, sur cette chaise haute qui frappe tant Bergholz. Ce dernier ne connaît pas l'identité de l'enfant. De fait, la complexité de l'histoire familiale de Monet devait rendre certaines identifications complexes. Et on imagine mal Monet s'en expliquant auprès de son invité. C'est à Germaine qu'Alice écrit tous les jours durant son voyage à Venise, pendant que le peintre travaille sur sa gondole transformée en atelier.

Sisley, Alfred *(1839-1899)* Né à Paris de parents anglais, Sisley, qui connaît bien la peinture de paysage de Constable et de Turner, rencontre Monet dans l'atelier Gleyre. Il sera l'un de ceux qui, afin de rompre avec l'enseignement trop classique de Gleyre, iront peindre sur le motif, en plein air, à Fontainebleau. Membre du groupe des impressionnistes, il reste ami avec Monet toute sa vie durant. Se sentant mourir, en 1899, des suites d'un cancer, il fait appeler Monet, lui recommande ses enfants, et lui dit adieu. Il meurt quelques jours après.

Toulmouche, Auguste *(1829-1890)* Ce peintre, élève de Charles Gleyre, était un cousin par alliance de Monet, qu'il aida durant ses premières années parisiennes. C'est lui qui emmène Monet chez son ancien maître, Gleyre, « le maître rassis et sage qu'il vous faut », comme le peintre le raconte à Bergholz.

Troyon, Constant *(1810-1865)* Monet devait à Eugène Boudin d'avoir rencontré le peintre de Barbizon, Constant Troyon. À travers lui, même si, plus tard, Monet se déclarera plus intéressé par ceux qu'il nomme les artistes qui «cherchent», comme Camille Pissarro, il découvre toute une école qui a, avant lui, donné sa légitimité au paysage comme sujet en soi, et a fait de la peinture sur le vif, en extérieur, la base de toute pratique.

Turner, Joseph Mallord William *(1775-1851)* À Londres, durant l'exil imposé par la guerre franco-prussienne, Monet découvre l'œuvre de Turner. S'il est un artiste qui le marquera durablement, même si, a priori, il ne s'inscrit pas dans la même quête métaphysique que lui, c'est bien le peintre anglais. Monet reviendra plusieurs fois à Londres, et les tableaux qu'il en rapportera portent tous la marque de l'hommage au peintre de *L'Incendie du Parlement*.

Les *Nymphéas*, chef-d'œuvre panthéiste, gardent la trace de cette rencontre.

Utamaro, Kitagawa *(1753-1806)* Ce peintre a longtemps été en Occident le plus réputé des créateurs d'estampes japonaises, en raison de sa « découverte » par les frères Goncourt, qui le surnomment « le peintre des maisons vertes » (des maisons closes). Monet est un grand collectionneur de celui que l'on appelle alors « Outamaro », mais il ne retient pas les scènes érotiques, leur préférant les représentations de la nature et des animaux.

Whistler, James Abbott McNeill *(1834-1903)* Ce peintre américain fit carrière en Europe. Venu à Paris en 1855, il se forme dans l'atelier de Gleyre, où il croise Monet, Renoir, Bazille, Sisley. Sa *Dame en blanc*, fit, comme *Le Déjeuner sur l'herbe* de Manet, sensation au Salon des Refusés, en 1863. Son œuvre fait le lien entre la tradition anglaise de Turner et l'impressionnisme.

Zola, Émile *(1840-1902)* L'écrivain, qui fut aussi l'un des plus importants critiques d'art de son temps, découvre Monet au Salon de 1866. Il s'enthousiasme pour la *Femme à la robe verte*, qui suscite la réaction agacée de Manet. Zola écrit alors : « Voilà un tempérament, voilà un homme dans la foule de ces eunuques. » Le Dreyfusard Monet reste proche de Zola jusqu'à la fin, contrairement à Cézanne, l'ami d'enfance que la publication du roman *L'Œuvre*, inspiré pour partie de sa personne, fâchera à jamais avec l'écrivain.

Crédits photographiques

Conception graphique : Stéphanie Capitolin
Impression : France Quercy, 46090 Mercuès
Dépôt légal : septembre 2010 - n° 01432b